運命の25セント

作　・シドニィ・シェルダン
超訳・天　馬　龍　行

プロローグ

"クオーター"とは四分の一ドル、つまりは25セント硬貨のこと。たった25セントの硬貨ひとつで人間の運命が変わるなんてあるだろうか。25セント硬貨一枚のおかげで大金持ちになったり、刑務所行きになったり、命を救われたりすることなんてあるだろうか？

第1章　ハリウッド

「おい姉ちゃん、おれの食事《メシ》早く持って来てくれよ！」

「なに、このステーキ？　わたしはウェルダンって頼んだのよ！」

「わたしはポテトなんか注文してないぞ。トマトって言ったはずだけど！」

　夕食時の混雑がピークを迎えていた。空腹を抱える客、なかなか出てこない料理に苛立つ客などで満席の店内はごった返していた。ここは地元では名の知れたレストラン、ハリウッド・コーヒーショップ。働いているウエイトレスは六人いるが、その中で一番成績のいいのがローズマリー・マーフィー、二十代後半の女性である。美人でスタイルもよく肌もきれいで、利口そうな青い目をしている。彼女は六つのテーブルのサービスを担当しているが、いつも明るく、テキパキしていて客受けも非常によかった。同僚にも好かれていて、チップで上げる収入は彼女がいつも一番だった。彼女の担当するテーブルに座りたがる馴染み客も多かった。ローズマリーの笑顔に迎えられると、客は誰でも歓迎されている気になり、居心地がよくなるのである。

ところが、ローズマリー本人はウエイトレスの仕事が大嫌いだった。嫌いさあまってレストランという場所も嫌いになっていた。ついでに言えば、店の前の歩道に彫り込まれている星型模様まで嫌いになっていた。それぞれの星には、出世した大スターの名が記されている。そこがカンにさわった。

ローズマリーがロサンゼルスにやって来たのはスターになるためだった。彼女をその気にさせたのは、故郷の町セイラムで開かれた美人コンテストだった。そこで優勝した彼女は、出会う人々から浴びせられる賛辞に舞い上がった。

「きみならビッグスターになれるぞ」

「ハリウッドの誰よりもあなたのほうがきれいよ。才能もあなたのほうが上だわ」

「第二のマリリン・モンローになれるんじゃないか」

「いや、それ以上かも――」

「関係者にきみの顔を見せるだけでいいんだ。連中はひと目見ただけでまいるさ」

彼女は郷里の人々のおだてを真に受けてスターになることを夢見た。もしかしたら、レオナルド・ディカプリオや、ジョニー・デップやマット・デイモンなどと共演できるかもしれない。成功したらビバリーヒルズに大きな家を買い、ハート形のプールを作るんだ。世界中どこへ行ってもサインをねだられるようなトップスターになるんだ。

美人コンテストの優勝賞金をハリウッドまでの旅費でほぼ使い果たしてしまったローズマリー。最初のころは冒険みたいで毎日が楽しかった。

〝失礼ですが、お嬢さん、スターになる気はありませんか?〟

街なかでこんな言葉をかけてくれる人はいないだろうか。彼女は映画関係者が目に留めてくれるのを期待してハリウッド通りとバイン通りの交差点にたたずんだりもした。しかし、期待したようなことは何も起きなかった。それでもローズマリーはめげずに自分に言い聞かせた。

〈必要なのは時間よ。そのうち必ず……〉

ハリウッドにやって来た誰もがするように、彼女も《チャイニーズ・シアター》を訪れ、先輩スターたちの手形に自分の手を合わせて楽しんだ。翌日には、サンタ・モニカ大通りで高級車のハンドルを握るシャーリーズ・セロンを見かけてハッとした。シャーリーズ・セロンは映画で見るよりも素敵だった。

〈わたしも遠からず、ああなれるんだわ〉

最初の一週間は夢のように過ぎて行った。いいことがあったのも、期待が膨らんだのも、この最初の一週間だけだった。あとは、一直線の下り坂だった。

当初彼女は軽く考えていた。映画会社の受付を訪れて美人コンテストで優勝した旨を話し、ついては、キャスティングディレクターに面会したいと告げれば、万事それで動くものと思っていた。キャスティングディレクターに顔を見てもらえばすぐ契約書にサインしてもらえるものと思っていた。しかし、現実はちょっと違っていた。

ローズマリーは、まず最初に、バスでユニバーサル・シティーへ行き、ユニバーサル・スタジオの受付の前に立った。

「わたしはローズマリー・マーフィーと申します」

受付の椅子には、制服を着た老警備員が座っていた。彼女は警備員に向かってつづけた。

「キャスティングディレクターと面会したいんですけど」

「約束はあるのかね？」

「それはないんですけど――」

「約束がなければダメだね、あの人は誰にも会わんよ」

「実はわたし、美人コンテストで優勝して――」

警備員はうんざりした顔で答えた。

「それはよかったね。キャスティングディレクターに会いたかったら、まず、文書で承諾をとり、きちんと約束をすることだな」

「でもわたしは――」

「キャスティングディレクターには、あんたの写真と一緒に演技の経歴も送んなきゃだめだ」

警備員は上目づかいで彼女を見ると、意地悪そうに言った。

「演技の経験はあるんだよね?」

ローズマリーは、一瞬ためらってから答えた。

「オレゴン劇場でカミーユの役を演じましたけど――」

警備員は、目の前の美女を頭のてっぺんからつま先まで舐めまわすように眺めた。きれいに手入れされた彼女の髪の生え際から大粒の汗がふき出していた。こういう場面に慣れた老警備員は、このときとばかりにお説教をたれた。

「あのなあ、お嬢さん。この街には美人コンテストで優勝した美女が掃いて捨てるほどいるんだよ。美人さんたちは飛行機や列車やバスで世界中から集まってくる。みんな目的は同じ、スターになるための白羽の矢を立ててもらうこと。ところが、そうは問屋がおろさないんだ。悪いことは言わないから、おじさんのアドバイスをよく聞きな。文書で約束をとりつけるなんてしなくていいから、次のバスに乗ってアイオワに帰りな」

「アイオワじゃなくてオレゴンですよ」

「どこでもいいから、郷里《くに》に帰ったほうがいい」

そのとき、電話のベルが鳴った。警備員は手を伸ばして受話器を取り、相手に応えた。

「フロントです……」

〈郷里に帰れですって？　まだ始まってもいないじゃないの〉

彼女は、くるりと向きを変えた。

〈いきなり郷里に帰れだなんて失礼よ。わたしはへこたれないわ〉

彼女の次の訪問先は、バーバンクのスタジオだった。

「わたしはローズマリー・マーフィーと申します。キャスティングディレクターにお会いしたいんですけど」

「約束はあるんですか？」

「いいえ、でも——」

ユニバーサル・スタジオのときと同じ会話が始まり、同じ結末で終わった。その後、彼女は、カルバー・シティーのメトロ・ゴールドウィン・メイヤーへ行き、そこでもだめで、バーバンクのディズニースタジオ、ハリウッドのパラマウント・ピクチャーズ、ウエストロサンゼルスの20世紀フォックスを次々と訪れた。どこでも同じ話の繰り返しだった。

「写真と一緒に女優としての経歴を送ってください」

ところが、ローズマリーには写真の用意もなければ、女優としての経歴もなかった。そんな面倒な手続きが必要だとは知らなかったし、誰も教えてくれなかった。むしろその反対だった。

〈スタジオへ行って、そのきれいな顔とスタイルを見せればすぐ契約してくれるさ。出世のスピードに目を回さないようにしたほうがいいぞ〉

その日の彼女は目が回り始めていた。しかし、それは出世のスピードどころか、何も食べていない空腹からだった。

郷里の友人から電話があった。

「ハロー、ローズマリー。元気?」

「元気よ」

「スタジオと契約はできたの？」

「まだだけど、期待は持てそうよ」

ローズマリーは恥ずかしくて現実を告白できなかった。

ローズマリーは有り金をはたいて、自分の顔と全身の写真を撮ってもらい、それをあらゆる映画会社のキャスティングディレクター宛てに送った。返事は一件もなかった。勇気を出して電話をしてみたが、取り次いでもらえないばかりか、伝言を頼んでも返事がもらえなかった。老警備員の言葉がいまさらのように身にしみた。

〈あのなあ、お嬢さん……悪いことは言わないから、次のバスに乗ってアイオワに帰りな〉

ローズマリーは窮地に陥っていた。一泊50ドルの小さな部屋を借りて住んでいたが、その家賃すら払えなくなっていた。何日分も溜まったとき、家主の婦人は同情して相談にのってくれた。

「あのね、あんたみたいな可愛い娘さんを追い出したくはないんだけど、うちも商売だから、家賃は払ってもらわなきゃね」

「もうじきどこかのスタジオから連絡があると思うんですけど――」

同じようないきさつを何度も見せられてきた家主だった。間貸しした未来のスターたちが、夢叶わずに、タクシードライバーやウエイトレスやメイドに収まってしまうのが、これまで何度も見てきたパターンだった。中には売春婦に転落した者もいた。誰もが大いなる夢を抱いてここでの生活を始める。しかし、夢が実現したためしは一度もなかった。

「それは、いずれいい話は来るでしょうよ。でも、あんただって食べていかなきゃいけないでしょ。成功の見通しがつくまで何か臨時の仕事をしてみない？」

「臨時の仕事ってどんな？」

「6号室の女の子から聞いたんだけど、ハリウッド・コーヒーショップでウエイトレスを募集しているって。チップの収入もバカにならないらしいよ」

〈ウエイトレス!?〉

ローズマリーは全く気のりしなかった。ウエイトレスになるためにハリウッドに来たわけではない。ウエイトレスの仕事に就くなんて、嫌な落とし穴にさえ思えた。

「チップの他に、店からは週給〝300ドル〟ももらえるってよ」

300ドルが、そのときの彼女には大金に聞こえた。もちろんスターになれたときの大金とは桁が違うだろうが、とりあえずは週300ドルあれば食べていけるし、溜まった家賃も払える。

家主は、ローズマリーの心の内を読んでいるかのようにつづけた。

「収入があれば、有名カメラマンに頼んで新しい写真も用意できるじゃないの。前に送った写真はあまりよくなかったのかも」

「そうかも」

言われてみてローズマリーは改めて思った。前回頼んだカメラマンは、費用はリーズナブルだったが、素人っぽくて、写真の出来もいまいちだった。考え直してみて、彼女は急に元気が出てきた。もっとプロらしい写真家に頼んでみて、自分の本当の美しさをキャスティングディレクターたちに送れば、いい返事がもらえるのでは。

「ウエイトレスの仕事……やってみようかしら」

〈そんなに長いことにはならないでしょうから〉

長くはならないはずだったウエイトレス稼業は、あっという間に数カ月になり、数カ月はついに二年にもなってしまった。そのあいだ、プロに撮ってもらった新しい写真をロサンゼルス中の映画会社のキャスティングディレクターに漏れなく送ったが、返事はやはり一件もなかった。

父や母からは安否を気遣う手紙がよく来たが、そのたびに彼女が書く返事はいつも決まっていた。

〝すべて上手くいっています。希望も見えています。遠からず何かいい話が聞けると思います〟

しかし、両親に宛てた彼女の返事も回を追うごとに元気がなくなっていった。両親からは、帰郷してはどうかとの手紙が何度も来た。両親も彼女がいなくて寂しがっていたし、彼女も両親に会いたかった。しかし、ハリウッドに留まって成功するんだとの決心は揺るがなかった。

ロサンゼルスにやって来た当初、彼女は職業を尋ねられると「わたしは女優の卵よ」と答えるのに何のためらいもなかった。いまでもそう答える。だが、心の中では、自分を蔑んでいた。

〈ウエイトレスのくせに〉

ローズマリーの夢も次第にしぼんでいった。ハリウッドには、彼女よりも若くて、彼女よりも美人で、彼女よりも才能のある女優の卵がいくらでもいた。

もともとローズマリーには、スターになる夢だけでなく、いい男性にめぐりあって子供をもうけ、家庭を持つ夢があった。しかし、最近の彼女にはこの夢のどれもが実現しないように思えてきた。レストランで知り合った男たちは、どいつもこいつも彼女をベッドに誘いたいだけの助平たちだった。

「嫌がることなんか何もないじゃないか、ベイビー。ふたりだけで楽しもうよ」

「せっかくだけど、興味ないわ」

「なんでなんだよ、もしかしたらおまえ、レズビアンなのか?」

夜遅く、ひとり寂しく寝るときの彼女はよく物思いにふけった。いったい自分のどこがいけなかったのだろう。どこで道を間違えてしまったのか。初めはあんなに希望に燃えていたのに。美人コンテストのあの夜のことが思い出される。優勝した彼女はオレゴン州一の美女と讃えられた。小さな劇場で演じた芝居のことも思い出される。難しい主役を夢中で演じて、満場の拍手を浴びた。

「きみの才能は素晴らしい。ハリウッドへ行くべきだ」

ローズマリーはそんな褒め言葉を真に受けて舞い上がった。なのに、この二年間の停滞はいったいどうしたことなのだろう。何かちょっとしたことにつまずいて、大きな不運を呼び込んでしまったのか? だが、真の原因は実は違ったところにあった。ローズマリー自身の心の中に変化が起きていたのだ。彼女はもはや女優になりたいとは思っていなかった。

〈オレゴンの実家に帰って人生を再スタートさせよう。いまならまだ間に合う。郷里に帰って誰かいい人を見つけて、結婚して、子供をつくろう。ハリウッドに来たのは間違いだった〉

そこまで思うと、彼女はもう矢も楯もたまらなかった。

〈わたしはもう帰るわ〉

　同じ店で働くウエイトレスの中でローズマリーが一番親しくしていたのはヒルダという名の年下の女性だった。小柄で太っていて、美人には程遠い顔のヒルダには、女優になる夢などなかったが、どういうわけか、男たちにはよくもてた。仕事場で顔を合わせると、ヒルダはローズマリーによくこんなことを言ってのろけた。

「昨日の夜、トムったら、わたしを一睡もさせないの。あいつは絶倫アニマルなんだから。でも、イケメンだから、誘われたら断れないわ」

　二日後にヒルダがまたやって来て、いつもの調子でのろけた。

「毎晩これじゃあ、死んじゃうわ。少しは眠らせてもらわなきゃ」

「トムに言って、たまにはひとりにしてもらいなさいよ」

「昨日はトムじゃないのよ、アルよ。あいつも絶倫なの」

〈ヒルダに会えなくなるのは寂しいわ〉

　ローズマリーは、帰郷を決意しながら思った。

〈でも、ハリウッドで知り合った人で、また会いたいと思うのは彼女だけかも〉

　あからさまな言葉でしつこく誘ってくる客や、耳元でささやく酔っぱらいの声などは思い出したくもなかった。いま胸の内で彼女をせき立てるのは、ハリウッドから脱出することと、オレゴンの静寂な世界へ戻ることだった。

ローズマリーは、決心が揺るがないうちにと、二日後に部屋を空ける旨をその場で家主に連絡した。それから、レストランのオーナー、トンプキン氏に仕事を辞めるつもりだと話した。

「ずいぶん急な話じゃないか、ローズマリー。きみは店一番のウェイトレスなんだから、辞めてもらいたくないね」

「すみません、トンプキンさん。わたし、急に帰郷することになったんです」

「残念だな。前から感じてたんだけど、きみは単なる美人ではなくて品位があるから、郷里へなんか帰るよりもスターを目指すべきだと思うね」

「ありがとうございます。トンプキンさん」

トンプキン氏は目を輝かせた。

「実はね、ローズマリー、わたしのいとこが、ワーナー・ブラザースのキャスティングディレクターが住んでいるのと同じマンションに住んでいるんだ。そのいとこに頼んでキャスティングディレクターに話してみてもらうこともできるけど——」

「いいえ、結構です」

そういう類いの話は、いままで何度も聞かされてきた。プロデューサーを知っているとか、監督の運転手と親しいとか、有名スターの秘書が友達だとか、有力エージェントのいとこを知っているとか。有力者と親しいとか。

顔が利くという話は街中に転がっている。だが、それが仕事に結びついたことは一度もなかった。ローズマリーにとってはもう、そんなことはどうでもよかった。この二年間の苦難の中で彼女が悟ったことがひとつあった。自分がハリウッドにやって来たのは、演技をしたいからではなく、うわべの華やかさや、名声や、大金に魅せられたからではなかったか。

〈わたしは初めから勘違いしていたのよ。だからこんな結果になるんだわ〉

ローズマリーにもはや迷いはなかった。

「結構です。トンプキンさん。わたしはオレゴンに戻ります」

その日の午後、ローズマリーはオレゴン行きのバスのチケットを買った。財布には500ドルしか残らなかった。でも心配はいらなかった。オレゴンに帰れば家もあるし、温もりのある部屋もある。仕事もすぐ見つかるだろう。そうだ、秘書のような仕事をしよう。その前に、学校に戻って秘書になるためのコースを取ろう。

店の仕事の最後の日、最後の客のデザートを出し終わったところで、ヒルダが横にやって来た。

「ねえ、ローズマリー、お願いがあるの」

「なあに？」

　ヒルダは、いったんうつむいてから、顔を上げてローズマリーに言った。

「困ったことになっちゃって、お金が必要なの」

「どうしたの？」

「あのね、正直に話すけどね、わたし妊娠しちゃったの」

「アルはそのこと知っているの？」

「アル？　違うわ、相手はビルなの。まだ彼には話してないわ。自分でなんとかしたいんだけど、ちょうど500ドル足りないの。お願い、貸してくれない？」

〈500ドル！〉

　ローズマリーは頭の中で計算した。500ドルといえば、それが残りの金のすべてだ。でも、バスのチケットは買ってあるし、部屋代も払い終えてある。

「必ず返すから」

「いいわ。でも、明日わたしはオレゴンに帰るから、お金はそっちに送ってくれる？」

「わあ、助かる！　あなたは本当に頼りになるわ」

「分かった、じゃあ、ロッカールームへ行きましょ」

ふたりは連れだって更衣室へ行き、ローズマリーのロッカーの前に立った。ローズマリーはロッカーから財布を取り出し、中の１００ドル札を五枚、ヒルダに渡した。

「はい、これ」

「本当にありがとう、助かるわ、ハニー」

「いいのよ、ヒルダ。赤ちゃんのこと残念ね」

ローズマリーは店内に戻った。コーヒーだけ飲みに来た客が、ちょうどそのコーヒーを飲み終えるところだった。客は腰を上げながら、カウンターの上に〝クオーター〟を置いた。ピカピカ光っている新しそうなクオーターだった。客はにっこりしながら言った。

「これはぼくのラッキー・クオーターなんだ。あげるよ。もしかしたらきみにも幸運を運んでくれるかもしれない」

「ありがとう」

ローズマリーはそう言ってクオーターを取り上げた。真新しくて、使うのがもったいないくらいピカピカだった。でも、下宿までのバス代にこれを使うしかない。ローズマリーはクオーターを財布に放り込むと、ウエイトレスのユニフォームを脱ぎ、ブルーのスラックスとブラウスに着替えた。それから、みんなに〝さようなら〟を言い、二年間勤めたレストランをあとにした。

外は暗かった。サンタ・モニカ大通りに出たが、人はまばらだった。街灯もところどころ消えていた。この辺りは環境も悪く、犯罪多発地帯として住民から恐れられている。

「こんな寂しいところ、ひとりで歩きたくないわ」

ローズマリーは思わず声に出して言った。

普段はヒルダと一緒に帰る道だが、今夜のローズマリーはひとりだった。バス停まで2ブロックある。ローズマリーは道路の右左に目をやった。

〈心配することないわ〉

プラマー公園の路地を通り抜けて行けば時間がかからない。ローズマリーは路地の道を選んだ。遠くにはフェアファックス通りの灯りが見える。そこまで行けばバス停がある。

木陰に入ると、真っ暗で怖かった。一週間前にはレイプ事件があった場所だ。

〈明日からは、もうこんな道、通らなくてすむから嬉しいわ〉

行く手の藪がガサガサと揺れる音がした。ローズマリーは思わず悲鳴をあげそうになった。しかし、藪から飛び出してきたのは猫だった。

〈バカね。わたしったらビクビクしすぎている〉

ローズマリーはそう自分に言い聞かせた。

しかし、その直後、背後から足音が聞こえ、足音は次第に速くなってきた。ローズマリーは怖くて後ろを振り向けなかった。自然に早足になり、歩幅も広くなった。それに合わせるように、背後の足音も速くなった。

〈きっとバスに乗り遅れたくない人が急いでいるんでしょう〉

と、思った。その瞬間、誰かがローズマリーの肩をつかんだ。

「声を出すんじゃない」

押し殺したような男の声が彼女の耳元でささやいた。

「騒いだら殺すぞ」

ローズマリーは心臓が一瞬停止した。が、すぐに早鐘を打ちだした。今度は動悸が激しすぎて、心臓が破裂するのではと思えるほどだった。

「お願い、乱暴しないで。わたしお金なんて持ってないの」

男は彼女の手からバッグをはぎ取り、片手で彼女の手を押さえながら、もう一方の手でバッグを開けた。

「25セントしかねえ！　ふざけやがって！」

男は手をつかんだまま彼女を振り回した。その隙にローズマリーは男の顔を確認できた。

背が高くて醜い顔の男だった。飛び出した目の白目の部分は赤く充血して、歯は何本も欠けていた。息は酒臭くて、手に銃を握っているのが見えた。

「この薄汚い女め！　25セントしか持ってないなんて、ふざけるな！　あの世に送ってやる！」

男は銃口をローズマリーに向けて狙いを定めた。

〈わたしはここで死ぬんだわ〉

ローズマリーにできることはもう何もなかった。

〈25セント硬貨なんて持っていたから殺されるんだわ〉

第2章
ひと目ぼれ

「問題だ」

　チャールズ・ウィルソン医師は独り言をつぶやいた。彼が抱える問題はひとつだけではなかった。いくつもあった。そのストレスの解消法は、ジョギングをすることだった。夜の冷えた空気の中を走ると頭の中がスッキリする。チャールズ・ウィルソン医師は、体のリズムを一定に保ってジョギングする。腕の振り、歩幅。心臓の鼓動もあまり激しく打たないようにする。チャールズ・ウィルソンは、あぶらの乗りきった三十五歳、マウント・シーダース病院きっての名外科医である。そこがまた、彼が抱える問題を生んでいる。

その日の朝、チャールズは病院長のアレクサンダー・フォックスウェル博士から呼び出しを受けた。

「やあ、チャールズ君、外科手術部の責任者を誰にしようか前から考えていたんだがね、きみにやってもらうことにする。このポストがどれほど名誉あるかは、きみもよく知っているだろう。それに、もちろん給与も倍額になる」

ありがたい話だったが、この件にはふたつの暗黙条件がついている。そのひとつは政略結婚だ。チャールズは前から院長の娘、エレンと時々デートしていた。そんな関係で、周囲も院長もふたりが結婚するものと受け止めていた。チャールズはエレンのことが好きだったが、愛しているかと問われれば、その答えには自信がなかった。

チャールズ・ウィルソンは、アイオワ州の小さな田舎町エイムスで生まれ、そこで育った。医師の資格を得てからロサンゼルスにやって来たのは、自分の専門分野での就職が容易だったからだ。技量が認められ、医師としての名声を得てからも、時間を見つけては郷里へ戻り、町の病院でメスを振るってきた。というのも、彼は大都会よりも小さな田舎町が性に合っていたからだ。これまでにも、ボストンやシカゴやニューヨークの大病院から誘いがあったが、どれも断ってきた。

その日の朝の面談で、チャールズは病院長にこう答えていた。

「ありがたい話で、身に余る光栄なのですが、この件は少し考えさせてください」

「慌てることはない。ゆっくり考えてくれたまえ、チャールズ君」

そう言う院長の口調には別の響きがあった。

〈早く結論を出しなさい！〉

「ところで、エレンとは上手くいっているのかい？」

「ええ、問題は何もありません」

「彼女はよくできた娘だからね」

プレッシャーだった。さり気ない言葉だが、重い重いプレッシャーだった。

「ええ、本当ですね」

チャールズは正直にそう答えた。

チャールズは公園の路地をジョギングしながら、その朝、院長と交わした話のひと言ひと言を思い出していた。どうやら彼は、人生の重大な岐路に立たされていた。

〈返事しだいで、ぼくのこれからの生活は全然違ったものになる〉

　エレンと結婚して、マウント・シーダース病院の外科部を率いていくのか。それとも、アイオワのエイムスに帰って町医者として生きていくのか。あの町で開業しているのはジョンソン医師ただひとりだ。しかも、彼はすでに高齢で、引退するのも目に見えている。あの町にはわたしのような若い医師が必要だ。

　あれやこれや考えていたときだった。暗闇の向こうから女性の悲鳴が聞こえた。耳をつんざくようなかん高い声だった。チャールズは一瞬ドキッとして、つんのめりそうになった。悲鳴はもう一度聞こえた。

「やめて！　お願いだからやめて！」

　悲鳴につづいて、怯えきった女の声が聞こえた。チャールズは悲鳴がした方角に向かって駆け出した。全速力だった。やがて彼の目に飛び込んできたのは、大柄の男が若い女性を片手で押さえつけながら、もう一方の手で銃を発射しようとしている光景だった。

「おい！　きみ！」

　チャールズ・ウィルソン医師は男に向かって大声を張りあげた。

　振り向きざま、びっくりしたような表情を見せた男だったが、体格のいい若い男性が自分に向かって走って来るのを見て、ちょっとためらってから、ローズマリーの財布を引ったくると、素早い足どりで逃げて行った。間もなく、男の姿は見えなくなった。

チャールズ・ウィルソン医師がその場に着いたとき、若い女性は恐怖でガタガタと震えていた。

「大丈夫ですか?」

「ええ――大丈夫だと――思います」

医師が近くでよく見ると、女性の頬には痛々しいあざができていた。

「何があったんですか?」

「あの男に――銃で殴られたんです。わたしを――殺すなんて言ってました」

彼女は懸命に震えを抑えようとしていた。

「もう大丈夫ですよ」

医師はそう言って女性を安心させた。

「あいつはもう消えていなくなったから。安心しなさい」

「あなたが来てくれなかったら、わたしはいまごろ死んでいたんだわ。助けに来てもらえたなんて、奇跡です」

彼女はまだガタガタと震えていた。もしチャールズに抱きかかえられていなかったら、その場に崩れ落ちそうだった。

「べつに奇跡なんかじゃありませんよ。ぼくは毎晩この路地をジョギングしているんですから」

医師は、若い女性の腫れあがった頬にもう一度目をやった。

「さあ、いらっしゃい。この傷は放っておけない。病院で手当てをしてから、あなたには鎮静剤をあげましょう。遅れましたが、わたしは医師のチャールズ・ウィルソンです」

「わたしはローズマリー・マーフィー」

病院に向かうタクシーの中で、チャールズは、隣に座る女性の顔を横目で観察した。

〈こんなきれいな女性、見たことない〉

ひと目惚れだった。目の前の見知らぬ女性に、なぜこれ程までに好意を抱くのだろう。説明のつかない感情の高ぶりだった。殺されそうなところを救ってやったからだろうか。いままで持ったことのない感情だった。エレンに対しても、こんな気持ちになったことはなかった。それだけは確かだった。

病院に着くと、チャールズは、彼女を救急室に連れて行き、腫れあがったあざの部分を手早く手当てした。医師の優しいまなざしと慣れた手つきがローズマリーの気持ちを落ち着かせた。彼女は改めて医師の顔を見てドキッとした。彼がこんなにハンサムだったとは、今の今まで気づかなかった。彼はハリウッドで出会ったどんな男性とも違っていた。

医師は彼女を診察室に連れて行き、カプセル一錠と、紙コップに入れた水を与えた。

「これを飲んで、しばらくじっとしていなさい。リラックスできるようになったら、ぼくがあなたを家まで送りましょう。もう大丈夫だから、心配しなくていいんですよ」

ローズマリーは、若い医師の賢そうな目を覗きこんでから答えた。

「いろいろご親切に、ありがとうございます」

「ところで、あなたは何の仕事をしているんですか?」

医師のさりげない質問に、「女優の卵です」と口の先まで出かかった彼女だったが、この男性にだけは嘘をついてはいけない、と胸のどこかが命じていた。

「ウエイトレスをしています」

「それは重労働だなあ。一日二日、休暇を取ったほうがいいと思うね」

「わたし、もう店には出ません。明日の朝オレゴンに帰ることになっているんです」

ローズマリーの目に涙がにじんだ。彼女は瞬きをして、泣き顔を見せないようにした。

若い医師は不思議そうに若い女性の顔を覗きこんだ。

ローズマリーはささやくような声で答えた。

「わたし、この街が好きになれないんです」

「実は、ぼくもなんだ」

チャールズは、はっきり言う自分の声に気づいて驚いた。と同時に、自分の答えを聞いて迷いが吹き飛んだ。ハリウッドは自分が住む所ではない。ずっとそう思ってきた。ここは荒稼ぎしたい医師たちには天国かもしれない。大金持ちと有名人が大手を振る街なのだから。小さな田舎町に行けば、医師の人間性も違ってくる。治療費ひとつとっても、患者にべらぼうな請求書を突きつけるようなことはせず、患者が楽に払える金額だけを請求する。患者は単なる患者ではなく、同郷の友であり、近所に住む仲間なのだ。そういう環境がチャールズには一番性に合っていた。

ローズマリーとチャールズは、治療が済んだのに、腰を上げずにいつまでも話をつづけた。話せば話すほど、共通点の多い自分たちに驚いてもいた。ふたりは幼なじみのように、親しげにお互いの郷里の様子を語り合った。

「アイオワってすてきね！　先生もいつか郷里に戻られるんですか？」

チャールズは、しばらく彼女の目を見つめてから、おもむろに答えた。

「そうするつもりなんだ」

チャールズの胸の内は告白したいことですでにいっぱいだった。だが、今はそのときではないと分かっていたから自分を抑えた。もし、今の気持ちの高まりをその場で打ち明けたら、狂っていると思われても仕方ないだろう。今まで”ひと目ぼれ“などという言葉を信じたことのなかったチャールズだが、まさに今、自分の胸の内側でそれが起きていた。まぶたの裏で、ローズマリーと一緒にいる未来の自分を描くことすらできた――。彼女と結婚して、子供を産んでもらって、楽しく暮らす自分たちの姿を――。だから、一回治療しただけでそれっきりになんてことにはなりたくなかった。しかし、どうやって彼女を引きとめたらよいのか？　いいアイデアがひらめいた。

彼はさりげない口調を装って言った。

「その傷の状態だと、もうしばらく治療が必要だな。いま街を離れるのはまずいと思うよ。ぼくも手当てをつづけたいし――」

そう言ってから、早口でこう付け加えた。

「あなたの元気な顔も見たいし」

ローズマリーは、チャールズの目を見て彼の心の内が読めた。なぜなら、自分も同じことを考えていたからだ。

「そうおっしゃるなら、しばらくハリウッドに居ます」

彼女の言葉を聞いてチャールズは、心の中で"ヤッター！"と叫んだ。

「ところで、事の次第を警察に知らせたほうがいいと思うんだ。あの泥棒にはたくさん持って行かれたのかな？」

ローズマリーは医師の顔を見てくすくすと笑った。

「25セント硬貨一枚だけなんです」

ダニー・コリンズは、汚いものでもつまむようにクオーターを指にはさんで持ち上げると、毒づいた。

「このクソ硬貨め！　たった25セントで何が買えるってんだ！」

ダニー・コリンズは、イースト・ロサンゼルスにあるうらぶれたホテルのみすぼらしい部屋で酔い潰れていた。部屋に戻ってから、ずっと呑みつづけだった。公園で起きたことの憂さを晴らすためだった。あんなひよこみたいな女を殺すつもりなどなかった。ちょっと脅かして痛い目に遭わせてやろうと思っただけだった。なのに、あのおせっかいヤローがどこからともなく現れやがって！　こんな憂さを晴らすには呑んで忘れるしかなかった。

「この街じゃ、まともな稼ぎもできねえ」

ダニーは声に出して独り言を言った。

「こんなとこ、早くおさらばしよう」

不景気な一週間だった。通行人を計四人も襲ったのに、奪えたのは全部合わせても100ドルにも満たない。

「これは、おれが悪いからじゃねえ」

ダニーは天井に向かって毒づいた。

「世の中の景気が悪いせいで、通行人の持ち金が少ねえからだ」

ダニーは、つねづね自分を成功者のひとりだと思っていた。だから、ここしばらくツキがないのは運に恵まれていないだけだと、自分に言い聞かせていた。ところが実は、彼こそは人生の落伍者の典型だった。手を出すことにことごとく失敗していた。それでも彼は、自分のせいだと思ったことがない。彼はいつも、こう考えて自分を誤魔化してきた。

〈おれ様は、並みの男を百人集めたよりも価値があるんだ〉

ダニーはベッドに寝そべり、酒を呑みながら、ひと晩中考えた。

〈これからどうするか？　どっちに足を向けたらいいか？〉

本当は元来小心者の彼は、それを認めたくなかったが、公園での出来事に腹痛を起こすほどビクついていた。

「何か一発当てられたらなあ。それを資金に楽なビジネスを立ちあげて大儲けしてやるんだ。せっかく通行人を襲っても、25セントじゃ、やってられねえ。酒びたりの生活も飽き飽きだ」

〈チャンスは、ラスベガスにある〉

ダニーはひらめいた。ロサンゼルスから脱出しなければと思えば思うほど、自分のひらめきが冴えて見えた。

〈そうだ、ベガスへ行こう！　あそこなら街が躍動していて金も動いている。おれみたいな頭のいい男には恰好の仕事場だ。荒稼ぎしたら街一番のホテルに泊まろう。美人を大勢はべらせて、運転手を雇い、街中乗りまわそう〉

ダニーがラスベガスへ行くのは五年ぶりだった。五年前は、ホテルに盗みに入り、宿泊客の財布から金を抜きとったのが見つかり、ホテルの警備員から追われる身になってしまった。だが、捕まる前にベガスから運よく逃げることができた。

〈五年も前の話だ。おれの顔なんて覚えちゃいまい。さあ、ベガスへ行くぞ！〉

一週間後、ダニー・コリンズは、ラスベガス行きのバスに揺られていた。彼の横の座席では紳士風の男性が新聞を読んでいた。新聞などに全く関心がないダニーだが、もし覗き読みしていたら、小さな記事に気がついたかもしれない。記事にはこう書かれていた。

〝マウント・シーダース病院、外科部長のチャールズ・ウィルソン博士は、職を辞して、ローズマリー・マーフィー嬢との婚約を発表した〟と。

ラスベガスの《デューンズ・ホテル》に足を踏み入れたダニー・コリンズは、ここ)こそ自分の世界だと目を輝かせて周囲を見回した。

〈おれのためにあるようなホテルだ。もっと早く戻って来るべきだった〉

眩しいほどの明かりや人々の賑わいに、ダニー・コリンズは血が騒いだ。ダイス・テーブルも、ブラックジャック・テーブルも、賭けに熱中する男女で溢れ返っていた。平凡な主婦と見受けられる身なりの貧しい女性がびくびくと小金を賭ければ、その横ではブランドの服を着た婦人や、金持ちの愛人風情の女性が賭けテーブルの上に札束をボンボン投げ入れている。そんな光景を見てダニーは思った。

〈ここだよ、おれの来る場所は。この熱気がたまらねえ〉

カジノの中をうろうろと歩きはじめたダニーは、向きを変えたところで、白髪の老女にぶつかり、老女をスロットマシンにぶつけてしまった。

「おっと、失礼」

ダニーが言うと、老女は笑みを返した。

「いいんです。わたしの名前はアリス・ジンマーです」

老女は社交場の礼儀で自己紹介した。

明るい顔をした老女だった。青くすっきりした目に、笑顔が可愛らしかった。ダニーがラスベガスにやって来た理由ははっきりしていた。

〈女を引っかけるのにラスベガスほどいい場所はない。使いきれないほどの遺産を相続した女どもがうようよいる。おれが使い方を教えてやらなくちゃ〉

ダニーはさっそく顔を近づけ、老女を見て即座に結論した。こいつはターゲットにならないと。彼には高級品と安物を選別する嗅覚があった。老女のドレスはテカリが出るほど着古され、足にできたマメが痛まないように靴には切れ目が入っていた。だから、老女の名前など聞いても意味がなかった。ダニーは自己紹介のような面倒なことはせず、うなずくと、老女を押しのけて先へ進んだ。

そのすぐあとだった。老女に駆け寄る男女の姿があった。ひとりは顔と体のふくれた中年の男で、もうひとりは、ゴツゴツに痩せた何の魅力もない女だった。

女はアリス・ジンマーに近寄り、声を張り上げた。

「だめじゃないの、お母さん！　カジノなんかうろついて。ここはあなたの来る場所じゃないわよ」

男も口を合わせた。

「そうだよ、義母《かあ》さん。部屋から外に出ないよう言ったじゃないか」

「ごめんなさい。わたしはみんなが楽しんでいる様子をちょっと見てみたかったのよ」

親子三人の会話はダニーの耳にも届いたが、彼はわれ関せずと歩きつづけた。中年の男はアリス・ジンマーに顔を近づけて、声を張り上げていた。

「――さあ、もたもたしないで、エレベーターで上へ行こう。分かった、義母さん？　明日はいろいろ用事があって大変なんだぞ。おれとマリーはこれから夕食に行ってくるから」

そう言って、男女ふたりはその場を去った。老女はそこに立ったまま、自分の娘と義理の息子の後ろ姿を見送った。

〈あのふたりはどうしてわたしを夕食に誘ってくれないのかしら！〉

義理の息子のサムが言っていたことでひとつだけ正しいことがあった。明日はいろいろ用事が重なっているのだ。娘夫婦は明日、彼女を老人ホームに入れることになっていた。だから、アリス・ジンマーにとっては、今夜が自由を楽しめる最後の夜というわけだった。

〈まだ部屋になんか戻るもんですか。今夜を最後にひとりで外を歩くなんてできなくなるんでしょうから〉

ダニー・コリンズは、人々が賭けをするのを眺めながらカジノの中をうろついた。途方もない額を投げ出すアラブ人もいれば、大粒のダイヤモンドをピカピカ光らせている女もいる。おれが引っかけるのは、あの種の女だ。

ダニーは仕事の順序をよく心得ていた。まず最初に自分も金持ちに見せなくてはならない。見かけの重要さを誰よりもよく知っているダニーだった。

「物欲しそうな顔をしていたら女どもは絶対に近寄って来ないからな」

こっちが大金持ちであることを印象付けるのがカギだ。

「見かけだけでいいんだ。女にそう感じさせれば。おれが大物だと思わせれば」

だが、装いを整えるには現金が必要だ。ところが、ラスベガスにやって来た当初、ダニーのポケットにはわずかしか残っていなかった。しかし、当座の現金を得るだけなら心配はいらない。ホテルの客室に忍び込むのは朝飯前である。客たちは、現金や宝石類を金庫にしまわずに部屋を出る。ダニーとしては、客たちが夕食やショーを観に出かける時間まで待てばいいだけの話だった。

ふたつの部屋に忍び込むだけで現金は充分に集まった。盗んだ宝石は質屋へ持って行って現金と換えた。それで次の日にはスーツを新調して、グッチの靴も買った。賭博場に出入りする女は、高級品で身を固めた男が好きだ。ダニーは、女を手当たり次第に自分のものにできた昔の日々を思い出した。もちろんあのころは若かったし、稼ぎも順調で金離れもよかったから、モテて当然だった。ところが、窃盗がバレて二回も刑務所に入れられてから、成功者のオーラが消えてしまった。今度の今度こそは用心しなければならない。もし、もう一度有罪になったら終身刑を食らうかもしれない。それだけはないようにしよう。

〈警備員なんかよりは、おれのほうが頭がいいぞ〉

新調したスーツで身を固めたダニーは、高級ホテルのきらびやかなロビーを見回していた。

〈ここならよさそうだ。昔みたいに一発やらかそう〉

ダニーはフロントへ行き、係員に告げた。

「一週間ばかり滞在したいんだ。部屋はあるかね?」

「スタンダード・ダブルと、デラックス・ツインがありますけど、どちらにしますか?」

「いや、そういうんじゃなく、スイートがいいんだ」

「分かりました。お調べします——ええと、エグゼクティブ・スイートと、ハネムーン・スイートと、プレジデント・スイートがありますけど、どれにいたしましょうか?」

「一番大きいのはどれだね?」

「はい。プレジデント・スイートでございます」

「じゃあ、それにしてくれ」

〈狙い定めた金持ち女に、どこに泊まっているのか聞かれたら、気軽な口調で答えるんだ。

〝ああ、プレジデント・スイートだけど〟。この答えの威力は凄いぞ。女を一発で参らすことができるだろう〉

もちろん、今は、フロントで現金払いを要求されてもそんな金はあるはずもないが、盗んだクレジットカードを使えばチェックインはできるだろう。

思ったとおりチェックインはできた。ダニー・コリンズは獲物を求めてカジノ内をうろついた。

金がうなるほどあって寂しい女は、大勢いるに違いなかった。

行く手の正面に大きな鏡があった。それに映る自分の姿を見てダニーは思った。

〈われながらカッコいいじゃないか。これならババアたちを引っかけるのに何の苦労もいらない。連中は愛情に飢えているんだから。一杯おごってやり、優しい言葉をかけてやれば、あとは自然の流れで上手くいく。もっと早くラスベガスに戻って来るべきだった。おれは何をそんなにビクビクしていたんだろう？〉

ホテルの警備員に追われ、危うく捕まりそうになった五年前のあの夜のことを思い出して、ダニーは、ぶるっと身震いした。

警備員たちの叫ぶ声がいまでも耳に残っている。

「おい、おまえ！　止まれ、泥棒！」

ラスベガスではインチキ賭博師や盗っ人は厳しい制裁を受ける。だが今回ダニーが狙うのは、金持ちの女たちであり、女たちを歓ばせながら金を巻き上げるだけなのだから、上手くやれば罪にはならない。

アリス・ジンマーは、きらびやかな世界を目に収めておこうと、カジノの中を歩き回った。最前自分とぶつかった男性の姿を再び目にした。男性はスロットマシンの前で足を止め、そこに書いてあった文字を読んでいた。

〝ジャックポットを当てよう——賞金50万ドル！〟

ダニーはその看板を読んで思った。

〈こんなのインチキだ。当たる確率なんてほとんどゼロに近いんだろう〉

そのときダニーは、ロサンゼルスの公園で女から奪った25セントコインのことを思い出した。そして、ポケットからそのコインを取り出してみた。真新しくてピカピカ光っていて、なんとなく希望が持てそうな硬貨だった。

「もしかしたら、おれに幸運を呼んでくれるクオーターかもしれねえ。一発やってみよう」

ダニーはクオーターをスロットに入れ、ハンドルを引いた。スロットマシンの小さな窓にはいろいろな図柄が描かれている。サクランボの図柄が一対出てくればクオーターが二枚返ってくる。オレンジが三個揃えば10ドルの賞金がもらえる。ＢＡＲの文字が四つ揃えばジャックポットだ。もしレモンが一個なら、賭けた人の負け。

ダニーは息を殺して図柄が入れ替わるのを見つめた。

「ほうら、来い！」

ダニーは思わず声を上げた。

「ジャックポット、出て来い！」

ホイールが止まった。図柄はレモン一個だった。彼の負けである。

〈こんなの、どうってことねえや。今夜はすべて上手くいくような気がする〉

スロットマシンから離れて、別の場所に行こうとするダニーの前にふたりの大男が現れ、彼の行く手を遮った。男のうちのひとりが言った。

「よう、ダニー。ずいぶん長いこと捜したぞ。おまえを逮捕する。大人しくついてこい」

第3章
不幸な女

アリス・ジンマーはとても不幸な女である。自分の実の娘とその亭主の手によって老人ホームに入れられようとしている。いくら自分を納得させようとしても、悲しくてやりきれなかった。彼女はまだ六十五歳になったばかりなのに。

へわたし自身は老いぼれたとはとても思えない。気持ちもこんなに若くて、毎日がこんなに楽しいのに。若い人たちは知らないのよ。人は老い、肉体は弱まるけど、精神は変わら

ないということを。老化というのは外側だけに起こることであって、内側はいつまでも若いのよ〉

高齢者がときとして若い人たちの負担になることを彼女はよく知っている。だからこそ、そんなことにならないように一生懸命努力してきた。娘のマリーがタクシー運転手のサム・バーカーと結婚したときも、アリスはふたりに、間借りなどするよりも自分の家に引っ越してきて一緒に暮らすことをすすめた。きれいな家が自慢のアリスだったが、若いふたりのために喜んで住まいの一部を提供した。

最初のころはすべてが上手くいった。義理の息子のサムもいい話し相手になってくれた。サムはいつも、アリスの家の素晴らしさを褒め、住んでみて快適だと喜んでくれていた。彼はまた、義理の母親の若いときの話に耳を傾け、うなずきながら聞いてくれた。

「わたしの夫、つまりマリーの父親のポールは小さな工場を経営していたのよ」

アリスは義理の息子によく昔の話をした。

「なんの工場を経営していたんですか？」

「靴の製造工場よ。でも、そこら中にある安っぽい靴じゃなくて、とても品質のいい靴。ポールは自分の製品に並々ならぬプライドを持っていましたから」

「でしょうね」

サムはそう言って相槌を打つ。

「ポールはとてもいい人だったわ。会ったらあなたも好きになるわよ。どんな人にもとても優しくて、親切なの。わたしのことを愛してくれたけど、彼は仕事も愛していたわ。ほんと言うと、仕事中毒じゃないかと思えるくらい。ポールは完璧主義者だったの。土曜や日曜でも工場で働いて、一緒にいてくれってわたしのことを工場に呼ぶんですよ。だから時々、サンドイッチを作っていって、ふたりだけで"工場内のピクニック"を楽しんだわ」

「ロマンチックな話ですね。あなたは本当にポールに愛されていたんだ」

「わたしたちはいつも旅行の計画を立てていたんですよ。世界中には見ておきたいものがたくさんありますからね。でも、結局一度も旅行には行かなかったわ。どうしてだか分かる？」

「さあ、分かりません。どうしてなんですか？」

「ポールは仕事を人任せにできなかったからよ。彼はバケーションなんて一度もとったことがなかった。いざ出かけようとすると、必ず何か問題が起きて。それを自分で片付けないと気がすまない性格だったのね、ポールって人は。そういう気持ち、あなたは分かる、サム？」

「分かりますよ。ポールって、なかなかの人物だったんですね」

「ええ、なかなかの人物でしたよ。わたしも彼と一緒に人生を送れて、とても幸せでした。引退したらあれもしよう、これもしようって語り合っていたの。思いっきり楽しもうってね。世界一周して、ピラミッドや万里の長城にも行ってみようってね」

アリスの目は、思い出を語るたびに潤んだ。

「日本の富士山に登ったり、ロンドン塔に登ったり、ローマのコロッセウムにも行こうって何度も約束したわ。ローマには、コインを投げ入れると願いが叶う泉があるんですってね」

そんな子供じみたことを言ったら義理の息子に笑われるかと思ったが、サムはただうなずいただけだった。

「本当に叶うかもしれませんよ」

「ところが、何年か前、ポールは心臓発作を起こして——でも、それほど深刻じゃなかったの。それでもやっぱり以前のようには働けなくなって、それで彼はずいぶんイライラを募らせたと思うの。工場で働く時間も短くなってしまって——。そんなときに心臓発作がまた起きて、今度のはとても重くて長いこと寝たきりになってしまったの。蓄えはずいぶんあったんだけど、ほとんど治療費に消えてしまったわ。特殊技能を持った看護師も雇わなければならなかったし、バイパス手術も受けなければならなかった。治療が完了したときは全財産使い果たしていたわ。後継者もいなくて、結局工場も手放すしかなくて――」

サムは同情してくれた。

「それはアンラッキーでした」

「わたしはこぼしているわけじゃないのよ。まだこんなに素敵な家があるんですもの」

アリスは目に涙を浮かべながらつづけた。

「ポールがいないと、がらんどうみたいだけどね。わたしはあの人を心から愛していましたからね」

義理の息子はアリスの手をぽんぽんと叩いて言った。

「彼もあなたのことを愛していたんでしょうね」

「ええ、とっても」

ポールが死んでから、アリスの人生はすっかり変わってしまった。ポールを心底愛していた彼女は、誰かにすすめられても、他の男性に会ってみる気などまったく起きなかった。ポール無しでは何事も成立しなかった。まるで魔法が消えた世界のようだった。夢はまだかすかに残っていたが、それは、ふたりで見る夢ではなく、ひとりで寂しく抱く夢だった。

〈でもわたしは、ひとりぼっちじゃないわ〉

アリスはいつもそう自分に言い聞かせていた。

〈娘のマリーがいるし、義理の息子のサムもいるじゃないの。本当に孤独な人に比べたら、ずっとましな人生だわ〉

アリスの娘のマリーは秘書として働きに出ていた。だから家事の一切をアリスが受け持った。彼女はそれでよかった。家の掃除も片付けも苦にならなかった。ポールが生きていたときは、夫のためと思って家事に精を出したが、いまは娘夫婦のために一生懸命働いた。

〈これでみなが幸せならそれでいいの〉

やがて、事情が変わる日がやって来た。娘のマリーが母親のところにやって来て、アリスが使っている大きな主寝室と自分たちが使っている小さい寝室とを交換してくれないかと言いだしたのだ。

「母さんはひとりなんだから、あんなに大きな部屋は要らないでしょ。わたしたちはふたりだから、もっと広いところが必要なのよ」

「それもそうね、ダーリン」

アリスは娘の説得にあっさり譲ってしまった。

「ありがとう。お母さん。サムもきっと喜ぶわ」

譲ったものの、アリスは内心不満だった。だが、老いた身の立場でよく考えてみた。

〈欲張ってはいけないわ。フェアにならなくちゃ。確かにわたしひとりだったら大きな部屋は要らないわ。日当たりのいいこの広い部屋で若いふたりが幸せならそれでいいじゃないの〉

胸の内でそう結論づけて、アリスは奥の小さな寝室へ移り、ポールと使っていた日当たりのいい主寝室をマリーとサムに使わせた。

そのことがあってしばらくしてから、マリーとサムが彼女のところにやって来て言った。

「ねえ、お母さん。この家の権利をわたしたちの名義にしたほうがいいと思うんだけど」

アリスはびっくりしてふたりを見上げた。

「どうして？　そんなことしなくても、あなたたちはいつまでもここに居ていいのよ……」

義理の息子がアリスの話を遮った。

「そういうことじゃないんですよ、義母さん。問題は税金なんです。義母さんだっていつかは亡くなるでしょ。そのときにぼくたちは多額の相続税を払わされるんです。いま名義を変更しておけば、そんな税金は払わなくて済むし、名義を変更したからといって何も変える必要はなく、義母さんは今までどおりにここで暮らしていけばいいんです。そういうわけなんですよ。節税のテクニックっていうやつですよ。何も変わりはしません」

アリス・ジンマーは義理の息子の言うことを信じてしまった。数日後には弁護士のところへ行き、彼女があれほど愛している家の名義人を、娘のマリーと義理の息子のサムに替えてしまった。サムの言葉を信じれば、すべては節税のためだった。

ところがある日、娘夫婦の部屋の前を通ったとき、ショックな話を耳にしてしまった。

「おまえの母さんには家を出ていってもらったらどうだ。年を取って問題が多すぎる。老人ホームに入れたらいいと思う」

アリスはショックのあまり、ふたりの部屋の前に立ちすくんでしまった。そして、娘が反論してくれるのを期待した。ところが、反論どころか、マリーは夫に同調した。

「わたしもそう思うわ、ダーリン。同じ年代の人たちと一緒に暮らしたほうが母さんも幸せよ」

〈老人だけで暮らしたほうが幸せだって!〉

実の娘夫婦が、母親を母親の持ち家から追い出そうとしている。ただし、家の名義人はすでにアリス・ジンマーではなくなっている。法律的には娘夫婦のものになっているのだ。老人だけが暮らす家に閉じ込められるなんて、アリスには耐えられなかった。彼女は生涯の大半をこの瀟洒《しょうしゃ》な家で過ごしてきた。ここの家には、夫と分かち合った楽しい思い出がたくさん残っている。

ポールが死んだとき、かなり多額の保険金がアリスに残された。つましく暮らせば一生心配のないほどの額だった。だが、サムやマリーが頻繁にやって来ては、なんのかのと理由をつけて現金をせびった。そしてとうとう老女の預金は空っぽになってしまった。だから、アリスが新しい靴やドレスが欲しいと思ったときは、お金を義理の息子にねだるしかなかった。それがまた、家庭不和の原因になっていた。

「新しいドレスだって？　なんでそんなものがいるんだい？　出かけるところなんてないじゃないか」

確かにサムの言うとおりだった。娘夫婦は、映画だの観劇だのと、しょっちゅう出かける。が、アリスが誘われることはなかった。彼女がひとりで出かけるような場所もなかった。そしてとうとう娘夫婦は彼女を彼女自身の家から追い出そうとしているのだ。さすがのアリスも内心怒りに燃えた。

〈そんなことされてたまるもんですか！　わたしだってもう黙ってはいない！　老人だけの家に閉じ込められるなんてまっぴらです！〉

次の日、アリスのところにやって来た義理の息子は、猫撫で声で切り出した。

「マリーとも話し合ったんだけど、義母さんはここにいたら幸せじゃないだろうって。同じ世代の人たちに囲まれていたほうがいいんじゃないかってね。分かるでしょ？　そのことでびっくりするような知らせを持ってきたんだ。素晴らしい施設を見つけてね。ぼくの友達が教えてくれたんだよ。アリゾナにある施設なんだけど、その友達の母さんもそこに入って、とても喜んでるんだって。入っているのはいい人たちばかりで、ビンゴだの何だのといつもゲームをやって遊んでるんだってさ。土曜日の夜なんて、みんなで集まってダンスをするそうだよ。そして日曜日は映画の鑑賞会だって。素晴らしいと思わない?」

アリスにとっては、素晴らしいどころか恐ろしかった。これ以上恐ろしいところはないと思えた。

「わたし、そんなところへ行きたくないわ。この家に居させてちょうだい」

「義母さんのために言ってるんだよ」

サムは引き下がらなかった。そしてとうとうアリスは根負けして同意してしまった。ああ言えばこう言うの繰り返しで、同意するしかなかった。決め手になったのはやはり、家の権利書の名義人が娘夫婦になっていることだった。アリスは万策尽きた。貯金も残っていなかったし、ほかに行くところもなかった。いまは娘夫婦の情けにすがるしかないのだ。アリスには抵抗する気力も残っていなかった。

〈娘たちは初めからこうなるよう企んでいたんだわ〉

アリスは悔し涙を流しながら思った。

〈あのふたりはこの家が欲しかっただけなのよ。わたしのことなんてどうでもよかったんだわ〉

話は結局、アリスが老人ホームに入ることで落ち着いた。

〈実の娘からこんな仕打ちを受けるなんて、わたしの育て方がいけなかったんだ〉

「わたしはいつそこへ行けばいいの？」

アリスが尋ねると、義理の息子は、待ってましたとばかりに答えた。

「二、三日したらにしよう。手配はぼくがするから。義母さんはきっと気に入るよ。素晴らしい老人ホームだからね」

〈老人だけで暮らすって、何のために？〉

アリスは自問自答した。

〈結局、若い人たちにとって老人が邪魔だからでしょう。老いて動きが鈍くなって死ぬ準備をする場所なんだわ。とうとうそれがわたしの身に起きるのね。わたしはそこでしおれて死ぬんだわ〉

義理の息子が言ったとおり、三日後、一行は車に乗り込み目的地へ向かった。アリスは後部座席の窓から自分が愛した家を振り返った。この家を見るのもこれが最後になるのだろう。

「これから行くところは遠くて一日では無理だから、途中ラスベガスに一泊するんだ」

義理の息子の言葉にアリスは思った。

〈どうせわたしを遠くへ追いやりたいんでしょうよ〉

娘夫婦は遠いアリゾナをわざと選んだのだ、とアリスは確信できた。おそらくふたりとも、アリスを施設に入れたら会いに来るつもりもないのだろう。これから死ぬまで見知らぬ人たちと暮らさなければならないのだ。

〈マリーもサムもわたしが死のうが生きていようが、そんなことどうでもいいんだわ〉

ドライブ中、アリスはずっと悲しかった。

五時間もの長いドライブの後、一行はようやくラスベガスに着いた。ここでの一泊はアリスが自由を楽しめる最後の夜になる。

娘夫婦がダイニングルームで楽しく夕食を取っているあいだ、アリスには何もすることがない。

〈わたしは部屋でおとなしくしていろだって？　いやいや、まだまだ部屋になんて戻るもんですか〉

〈こうして人々が明るいライトの下で笑ったり楽しんだりしているのを見るのは久しぶり

だし、今夜が最後になるんですもの〉

きれいに着飾った男女がテーブルに群がり賭けを楽しむ様子を羨ましそうに眺めながら、アリスはカジノの中を歩き回った。

彼女は何十年も前に新婚旅行で一度ラスベガスに来たことがある。ポールと一緒の数日間は夢のように楽しかった。しかし、すべては遠い昔のことになってしまった。これからは、行きたいところへも行けず、したいこともできなくなる。世界を旅してエキゾティックな場所をクルーズする夢なんて、夢の中でも叶わない夢になってしまった。

〈もう何を考えても遅すぎる。明日わたしは老人ホームに入るのだから〉

ウエイトレスが近寄って来てアリスに尋ねた。

「なにかお飲み物でもいかがですか?」

アリスは一瞬、誘惑にかられて注文しそうになった。が、すぐに考え直した。

「いいえ、結構です。義理の息子が嫌がるでしょうから」

アリスはやぶれかぶれだった。自分の家の内情を誰かれなくバラして訴えたかった。

「そろそろ部屋に戻ろうかしら。わたしがここにいるのがバレたら義理の息子にまた怒られるわ」

サムが怒鳴る姿を想像しただけでアリスは身の毛がよだった。

アリスは後ろ髪を引かれる思いで、自分の部屋に向かってそろそろと歩きはじめた。カジノの中はスロットマシンだらけだった。アリスはまるでスロットマシンの林の中を歩いているような気さえした。

〈新婚旅行で来たときはポールと一緒にスロットマシンを心ゆくまで楽しんだわ〉

アリスはそのときのことを思い出して思わず顔をほころばせた。

〈またやってみたい〉

「いいじゃないの。今夜が最後のチャンスなんだから」

アリスはお金がいくらかでも残っているか財布の底をさぐってみた。財布には古くて錆びついたような25セント硬貨が一枚あるだけだった。それが彼女が持っていた最後のクオーターだった。

〈でも、老人ホームに入ったら、これもいらなくなるんでしょう〉

彼女は一台のスロットマシンと向かい合った。偶然だったが、それはダニー・コリンズが負けたスロットマシンだった。アリスはそんなこととは知らずに、自分の持っていた古いクオーターをスロットマシンに入れ、ハンドルを引いた。サクランボ柄がふたつ現れたと同時に、クオーターが二枚、下の受け皿に落ちてきた。

「やったあ！」

アリスは嬉しくて思わず声を上げた。出てきた二枚のコインのうち一枚はピカピカ光っていて、たったいま鋳造されたばかりのようだった。アリスはその美しさにみとれた。

〈これを使うのはもったいないわ。お守りとして持っていようかしら。でも、すでにわたしは幸運に見放された身なんだから、いまさらお守りなんか持っていても仕方ないか〉

そんなわけで、彼女はピカピカに光るクオーターをスロットマシンに入れ、これが最後と、ハンドルを引いた。ホイールが止まるのを待つのももどかしかった。どうせダメなんだから早く部屋に戻ろう。そう思って彼女は腰を上げて、廊下を一歩踏みだした。と、そのときだった。すぐ後ろでベルが鳴りだした。ベルの音はカジノ中に響き渡った。そこら中の人々がわいわい騒ぎだした。アリス・ジンマーは何事が起きたのかと、思わずその場に立ち尽くした。

近くにいた男性が、彼女の腕をわしづかみにした。

「奥さん、あんた、ジャックポットを当てましたよ！」

アリスは何か聞き違えたのかと思った。

「すみません。なんておっしゃいました？」

「ジャックポットですよ！　あんたが当てたんですよ」

彼女はまだ言われたことの意味が分からなかった。男の人は彼女の腕を引っ張り、スロットマシンの真ん前に連れて行った。見ると、小さなウィンドウには”ＢＡＲ“の文字が四つ、きれいに並んでいた。

「とてもきれいじゃないの」

〈これでもし50ドルぐらいの賞金がもらえるなら、老人ホームに入ってから何かに使えるでしょう〉

アリスの反応はそんな程度だった。

ベルの音を聞いて、カジノの支配人が駆けつけてきた。

「おめでとうございます！　お客様にジャックポットが当たりました！」

たちまち周囲に人だかりができた。大勢の人が「おめでとう」を言いながら彼女に握手を求めて来た。

「ありがとう――。それでわたし、どうすればいいんですか？」

「なにもしなくていいんですよ」

支配人は彼女の肩に手を伸ばして言った。

「すべてはわれわれのほうで手配いたします」

アリスは不思議だった。

〈たった50ドルのことで、みんななぜこんなに大騒ぎをするのだろう？〉

裏話をすると、カジノ側としては、客にジャックポットを当てられると大金を失うことになるが、同時に宣伝にもなる。だから、こうして大騒ぎするのだ。幸運の客の顔写真を全国紙に載せるよう手配すれば、国中に宣伝できることになる。ラッキーなニュースを読んだ数限りない人々が、おれもジャックポットを当てようと、米国中からラスベガスにやって来ることになる。ジャックポットは人集めのための特効薬なのだ。

そんなわけで、カジノの支配人がアリスに言っていた。

「お客様の顔写真を何枚か撮らせていただきます。どうぞこちらに来てください」

支配人の案内でアリスはカジノの端に連れてこられた。そこにはすでにカメラマンが何人も待機していた。

「どうぞ大きく笑ってください！」

パチパチとシャッターが切られた。そのあいだ、ほんの数分間だったが、アリスには数時間にも思えた。彼女はもううんざりだった。

「すみません、わたし疲れました。もしかして、賞金の50ドル、今いただけますか？　部屋に帰って寝たいんです」

カジノの支配人はびっくりして彼女を見つめた。

「50ドルですって？　あなたはジャックポットの賞金額を知らないんですか？」

アリスはもしかしたら賞金額がもっと少ないのかと思って気恥ずかしかった。

「し、知りませんけど」

「あなたは50万ドル当てたんですよ。ジャックポットの賞金額は50万ドルです」

アリスはまた聞き違えたのかと思って首をかしげた。

「すみません。今なんておっしゃいました？」

「ジャックポットの賞金額は50万ドルです！」

カジノホールの四面の壁が彼女の周りでぐるぐると回りだした。

〈50万ドル！〉

全く信じられなかった。彼女のこれまでの人生で夢に見た額よりもさらに大きな額だった。それだけあれば、やりたいことがなんでもできるし、あらゆる夢が実現できる。世界を旅することも、もう夢ではない。

アリスはそこに佇んだまま、何が起きたのか自分に言い聞かせていたとき、娘と義理の息子があわてふためいた様子でやって来た。

「みんなに聞いたんだけど、義母さんが50万ドルの賞金を当てたって本当？」

急きこんで訊く義理の息子に、アリスは落ち着いて答えた。

「ええ、本当ですよ」

娘と義理の息子は抱き合って跳びはねた。

「おれたちはもうリッチだぞ！」

アリスは一緒に喜べなかった。義理の息子の欲張った顔がほころぶのを見て気分が悪くなった。

第4章
セカンド・チャンス

「わたしがこんな幸運に恵まれるなんて信じられません」

アリスは周囲の人たちにも聞こえるような声で言った。

すべては夢の中にいるようだった。自分がみんなの注目を浴びていることは肌で感じられた。

「これからは」

カジノの支配人は周囲の人たちを見回しながら、アリスに向かって言った。

「あなたはわたしどものホテルの特別ゲストとさせていただきます。本日からは、お泊まりの部屋もブライダル・スイートにグレードアップさせていただきます」

間髪を入れずに、サムが大きな声ではやし立てた。

「わが家の幸運を祝してシャンパンを開けるぞ！」

そんなわけで、アリスは寂しいシングル・ルームに戻される代わりに、いつの間にか豪華なレストランの入り口に連れてこられていた。噂が広まるのは早いもの。彼女は先客たちの拍手で店内に迎えられた。娘夫婦のふたりもちゃっかりアリスと同じテーブルに着いた。サムは興奮で口数が多くなっていた。

「50万ドルだなんて！　これは凄いことだよ、義母さん。これだけあれば、これからみんなでいろんなことができるもんね」

アリスには多額すぎて、何に使ったらいいかまったく思いつかなかった。

「おれは新車を買うんだ。いま使ってる車はガタがきているからな」

「わたしはミンクのコートでも買おうかしら」

「そうだなあ、夫婦そろって服を新調しようか」

娘のマリーが亭主に目くばせするのがアリスの目に入った。サムが慌ててアリスに言った。

「もちろん義母さんにもいろいろ買ってあげられるしね。うんとドレスアップしてもらうよ」

　アリスは精いっぱい皮肉を込めて応じた。

「老人ホームでドレスアップしろと言うわけ?」

「老人ホームの話はもうやめだ。ああいう場所は金持ち一家には相応しくない。おれたちはもう金持ちなんだからな。義母さんには家に戻ってもらって、今までどおり一緒に暮らしてもらうよ。とにかく義母さんには家を出て行ってもらいたくないんだ」

〈だったらどうして老人ホームなんか手配したの〉

　アリスは義理の息子の豹変ぶりが腹立たしかった。

「そうですよ、義母さん。これからは、おれとマリーと義母さん、三人仲良く暮らしていきましょう」

　ウエイターがやって来てみんなのグラスにシャンパンを注いだ。サムが目の前のグラスを掲げて、アリスとマリーに顔を向けた。

「賞金に乾杯！」

　アリスはシャンパンをひと口だけすすった。サムとマリーはグラスを全部呑みほした。

七時間も前に軽い昼食をとっただけのアリスは頭がくらくらした。周囲もかすんで見えてきた。

「明日の朝、小切手を受け取ったら、そのままわが家へ直行だ」

　サムは自分たちのグラスにシャンパンを注ぎながら言った。

「義母さん、話してよ。どういうふうにしてジャックポットなんて当てたんだい？」

「あのラッキー・クオーターのお手柄よ。真新しくてピカピカ光っていたわ」

　なんの考えもなしに〝ラッキー・クオーター〟と口にして、アリスは改めて思った。

〈あれは本当に幸運のクオーターだわ〉

　あのクオーターのお陰で、彼女はいまこうして豪華なレストランでシャンパンを呑み、何年ぶりかで娘夫婦と一緒に食事もできている。見知らぬ人たちから握手やサインまで求められている。これを〝幸運のクオーター〟と言わずして何と言えよう。

〈そうだ。あのクオーターを取り戻そう〉

　ジャックポットを当てたスロットマシンの中に入っているはずだ。

　カジノの支配人がテーブルにやって来た。

「みなさん、ご機嫌はいかがですか？　何かご不足なものでもありますか？」

　アリスは支配人を見上げて言った。

「ひとつお願いがあるんですけど、いいでしょうか?」

「承りましょう。何なりとおっしゃってください。ジンマーさん」

「わたしがジャックポットを当てたあのクオーターなんですけど、持って帰っていいでしょうか?」

支配人はハ、ハ、ハ、と声を出して笑った。

「それはちょっと難しいですね。機械の中の何百ものクオーターの中に混じっていますから、それだけ見つけ出すのは不可能ですね」

アリスは頑とした口調で答えた。

「いいえ、あれはちゃんと見分けがつきます。わたしが見ればどれがそれだかすぐ分かります」

支配人は逃げ腰だったが、結局妥協した。

「あの硬貨がお客さまにとってそれほど大切なら、一度機械の中の硬貨を全部外に出してみましょう。食事が終わったら、わたしの事務所に立ち寄ってくれますか?」

一時間後、三人は支配人のオフィスを訪れた。支配人の大きな机の上には何百もの硬貨が広げられていた。汚れたものもあれば、すり減ったものもあり、少し曲がったものもあった。しかしアリスにはひと目で見分けがついた。ひとつだけ灯台のように辺りを照らしている真新しいクオーターがあった。

「これです。これがわたしのクオーターです」

支配人はその幸運のクオーターを仰々しい手つきでアリスに手渡した。その様子をカメラマンたちが写真に収めた。


おしゃれなスイートの、天蓋のついたキングサイズベッドに横になりながら、アリスはその日の素晴らしい出来事を思い返していた。

〈ああ、ポールがいてくれたら。彼もどんなに喜んでくれたでしょう〉

今日のことで何よりもよかったのは、老人ホームに入らなくてすんだことだ。マリーもサムも喜んで家に連れ戻してくれると言っている。


同じ時刻、義理の息子のサムは一階の事務所へ行き、支配人に掛け合っていた。

「うちの義理の母さんは年のせいで少しボケていてね、小切手をわれわれ夫婦宛てにしてくれると助かるんですが。彼女はもう自分で現金を扱えなくなっているんです」

カジノの支配人は首を横に振った。

「せっかくですが、われわれとしては規則を曲げるわけにはいきません。ジャックポットを当てたのはジンマーさんですから、小切手も本人宛てに切られることになります」

サムはこれ以上無理を言わないほうがいいと判断した。

「分かりました。それで結構です」

お金のことは家に帰ってからゆっくり義母を説得すればいい。家の名義を替えさせたやり方で小切手の所有権も替えさせることができるだろう。そして、二、三週間はまた一緒に暮らして、現金を取りあげたら、アリスには今度こそ本当に老人ホームに入ってもらおう。急がば回れって言うじゃないか。サムは、新車のタクシーをすまし顔で流す自分の姿を思い浮かべた。いや、一台なんてケチなことを言わないで、新車を二台買って人を雇って運転させることもできる。それが大成功のスタートにならないなんて誰が言える？　波に乗ったら車をどんどん増やしていけばいい。遠からずおれはタクシー帝国の皇帝になっているかもしれない。そうなったら、本当に〝幸運のクオーター〟と言えるじゃないか。

次の日、三人は家に戻った。わが家のドアの前に立ったアリスはいまにも泣きそうだった。

〈もう二度と見ることはないと思っていたわたしの家！〉

〝幸運のクオーター〟は彼女の財布の奥に大切にしまわれている。

〈この硬貨にはいつも感謝を忘れないようにしましょう〉

マリーが母親の肩に手を置いて言った。

「二階に上がって少し休んだら、お母さん？　今日も忙しい一日になるから」

「わたしに何か用事なの？」

「そうさ。弁護士に来てもらうことにしたんだ」

義理の息子の言葉を聞いてアリスの頭に希望の光が灯った。

〈きっと、家の権利をわたしの名義に戻してくれるんだわ〉

サムの話にはつづきがあった。

「義母さんが当てたジャックポットのことだけど、小切手をマリーとおれの銀行口座に入れられるよう弁護士に手続きしてもらうんだ」

「どうして——？」

「そうすれば、義母さんはその小さな頭でいちいちお金のことを心配しなくてすむからさ。義母さんが現金を抱えていると、税金だのなんのかのと、面倒なことがいろいろ起きるんだよ。そんなことでいちいち悩むの嫌だろ？　それに、現金を手元に置いておくだけじゃ能がないしね。株や債券に投資すれば、値上がりもあるし、利息もついてくる。そういうのをみんなおれたちに任せてくれればいいんだよ。きちんと管理してあげるからね。義母さん」

昼食後まもなく弁護士がやって来た。アリスが初めて見る顔だった。厳しい顔つきの男で、身のこなしも口調もビジネスライクだった。

全員がダイニングルームのテーブルに着くと、弁護士はさっそく用件を切り出した。

「ご依頼の書類を用意してきました」

「それはよかった」

そう言うと、サムはアリスに向きなおった。

「この書面にサインしてしまうと気が楽になるからね、義母さん」

サムはペンをアリスに渡し、書面を彼女の目の前に押し出した。

「さあ、ここにサインすればいいんだよ、義母さん」

アリスはいったんペンを机の上に置き、もじもじしながら弁護士に顔を向けた。

「これにサインしたら、何がどう変わるんですか?」

弁護士は、感情のこもらない事務的な口調で答えた。

「何も変わりませんな、ジンマーさん。これは単純明快な取引です。あなたは息子さん夫婦に50万ドルを贈与し、息子さん夫婦はそれにともなう税金を払う、という契約書です。

以後あなたが煩わしい手続きをする必要はありません」

アリスは、忘れもしまい、ちょっと前のことだった。同じような書面にサインさせられ、その結果、自分の家が娘夫婦のものになってしまった。しかも娘夫婦は家を取り上げただけでなく、彼女を老人ホームに入れようとしたではないか。ラスベガスのホテルで義理の息子が言った言葉がアリスの耳の中でこだましている。

〈おれたちは金持ちになったんだ……新車に買い替えよう……〉

娘のマリーも言っていた。

〈わたしはミンクのコートでも買おうかしら……〉

アリスの賞金50万ドルが娘夫婦の買いたい物に化けてしまう。そして、賞金が全部使われたあげく、このまま黙っていたら、ふたりは再びアリスを老人ホームに入れるつもりなのだろう。

アリスはペンを目の前からどかした。

「わたしはサインしません!」

はっきり言う母親の顔を娘夫婦は目を丸くして見つめた。義理の息子の額には汗がにじんでいた。

「サインしないって、どういうこと、義母さん? 今さらしないわけにはいかないんだ。さらさらと自分の名前を書けば済むじゃないか！」

「いいえ、わたしにサインする義務はありません。わたしのお金なんですから。自分で持っていることにします」

「でも、義母さんは、そんな多額のお金をどうしたらいいかも分からないじゃないか！」

サムは怒鳴るような口調で言った。アリスは、まず息子の顔、それから娘の顔、さらには弁護士の顔へと、目を移していった。

「何に使うか、わたしには考えがあるの」


クイーン・エリザベス2世号は想像していたよりもはるかに豪華だった。巨大客船の乗船客たちはみな明るくて優しかった。ニューヨークを出港して英国のサザンプトンに到着するまでに、アリスはたくさんの人たちと仲良しになった。


アリスがヨーロッパ行きを告げたとき、娘夫婦はなだめたりすかしたりして、アリスの計画をやめさせようとした。

「義母さんは老人なんだよ。ひとり旅なんて無理さ」

サムの言葉に、アリスは威厳のある表情で答えた。

「いいえ、わたしは老人ではありません。気持ちは若いときのままです」

「でも船賃も高いし、ホテル代も高いのよ」

マリーの言葉にサムも調子を合わせた。

「無駄遣いの合計がいくらになるか計算してみたの、義母さん？」

「わたしが幸せなら、無駄遣いということにはなりません」

娘夫婦がありとあらゆる言葉を使っても、アリスを説得することはできなかった。これは、アリスが幸せになるために神様が与えてくれた二度目のチャンスではないか。アリスはそのチャンスを逃がすつもりはなかった。

クイーン・エリザベス２世号に乗船するのはほんの始まりに過ぎなかった。アリスは娘夫婦にも自分の計画のすべては話していなかった。もし教えでもしたら、ふたりともひっくり返るくらいショックを受けたに違いない。

〈わたしの夢を実現するこれが最後のチャンスだもの〉

アリスは自分を勇気づけた。

〈だから、最後までやり抜くの〉

こうしてアリスは計画を果断に実行した。サザンプトンからは船と列車を乗り継いでロンドンへ向かった。車窓から見る英国の田園風景はついうっとりとなるほど美しかった。

ロンドンに着くと、アリスは、伝統と格式を誇る《サボイ・ホテル》にチェックインした。部屋も広々としてきれいだったが、バスルームが豪華で、バスタブのなんと大きかったこと。アリスがこんな贅沢な入浴を楽しんだのは生まれて初めてだった。彼女は湯を浴びながら思った。

〈英国人は贅沢の仕方をよく知っているわ〉

その日の夕食は演劇関係者がよく利用するお洒落なレストラン《ミラベル》でとった。ウエイターへのチップは思い切りはずんだ。彼女はお金持ちなのだから。


旅に出る前、アリスは、娘夫婦には話さずに、ポールが存命中長く取引のあった銀行へ行き、知り合いの店長に会って有利な預金についてのアドバイスを求めた。

「あなたから預かったお金を、一番利率のいい債券に投資しておきましょう。あなたがヨーロッパでバケーションを楽しんでいるあいだもお金は眠らずに働いてくれます。結果は毎月計算書の形でお送りしますよ、アリス」

「ありがとう」

「計算書のコピーを義理の息子さんにも届けておきましょうか？」

「いいえ、それはしなくて結構です。これからは自分のお金は自分で管理しますから」

そんなわけで、アリスはウエイターにチップをはずむときも、自分の資産が利息を稼いでいることを知っていたから、ケチケチする必要はなかった。これからは元金を使い込まないようつましく暮らしていけば、これまでのような貧乏暮らしは一生しなくてすむ。そう思っただけでも、彼女はうきうき気分で旅行をつづけることができた。

ロンドンでは『ロイヤル・シェイクスピア劇団』の公演を観に行ったり、『バーミンガム・ロイヤル・バレエ団』の舞台を鑑賞したり、素敵な店でのショッピングを楽しんだりした。バーリントン・アーケードではサムとマリーにお土産を買った。マリーにはスカーフを、サムには彼がいつも欲しがっていた腕時計を買った。

次の目的地はパリだった。一緒にパリに行こうとポールと何度語り合ったことだろう。ポールがまだ若かったとき、一度だけ一緒に行ったことがあった。あのときは、ポールの案内でエッフェル塔に登ったり、凱旋門を見たり、シャンゼリゼ通りを歩いたりした。

あれから数十年、ポールと一緒でないのが残念だが、思い出の場所がいま彼女の目の前にある。夢のような現実だった。

「パリの賑わいも、街の美しさも、あなたと見たときと変わらないわ、ポール」

アリスは自分の横にポールがいて、彼女が楽しんでいるのを喜んでいてくれるような気がした。

　シャンゼリゼ通りは、こんな美しい道があるのかと思えるくらい素敵だった。アリスはルーブル美術館を訪れ、『ミロのヴィーナス』を観たし、数々の名画を鑑賞した。『モナリザ』の前ではその美しさから目が離せなくて、長いあいだその場に立ち尽くした。

　気さくで好奇心旺盛なアリスは行く先々で友達ができた。ホテルのロビーでも、美術館でも、レストランでも、彼女を介して旅行者同士が知り合い、ときには打ち解けて話すこともあった。〝チャーミングなおばあちゃん〟の彼女は、知らない土地へ行っても独りぼっちになることはなかった。


　娘のマリーから電話があった。

「ひとりで旅行してて大丈夫なの、お母さん？」

「もちろん大丈夫よ。大丈夫じゃない理由なんて何もありませんよ」

「サムもわたしもお母さんのことが心配でしょうがないの。高齢者が単身旅行なんて……」

　アリスは娘たちが自分をやたら老人扱いするのが嫌でたまらなかった。そんなのは余計なお世話である。博物館の化石じゃあるまいし、彼女の体には若い人たちと同じ熱い血が流れているのだ。

「単身旅行だけど、独りぼっちというわけじゃないのよ」

　アリスの声は弾んでいた。

「友達がたくさんできたわ」

「家にはいつ戻るの、お母さん？」

〈もうわたしの家じゃないのに〉

　アリスは苦々しい気持ちで答えた。

「さあ、いつにするか、まだ決めてないわ」

「ちょっと待ってね、お母さん。サムが話したいんだって」

　受話器から義理の息子の声が聞こえてきた。

「やあ、こんにちは、アリス。調子はどう？」

「わたしは元気ですよ、サム」

「マリーもおれも義母さんがいなくて寂しいんだ。早く帰って来てよ。そろそろ旅行疲れしているころだと思って……」

「とんでもない。その反対よ。最近旅行がますます面白くなってきたわ」

　電話の向こうがしばらく沈黙した。

「本当に外国がそんなに面白いの？」

「ええ、たまらなく楽しいわ」

「でも、あまり長くならないようにね。おれもマリーも義母さんが帰って来るのを首を長くして待ってるから」

「わたしからも連絡しますよ」

　アリスはそう約束して電話を切った。


　パリを存分に堪能してから、アリスは次の訪問先をイタリアに決めた。いつか一緒に行くのがポールとの約束だった。ポールはベニスを〝魔法の都会〟と呼んでいた。

「ベニスは水の上に建設された街なんだ。だから、道路の代わりに、運河が縦横に伸びていてね、どこへ行くにもゴンドラやモーターボートで移動するんだよ。だから、モーターボートのことを〝タクシー〟って呼ぶんだ」

　ポールの説明はベニスへの憧れを煽った。

　次の日、アリスはベニス行きのエール・フランス機に乗った。

「お座席のシートベルトをお締めください」

　言われたとおりアリスがシートベルトを締めると、間もなく巨大なジェット機は轟音と共に大空に舞い上がった。

ベニス空港は小さくて街から遠く離れた海上にあった。アリスは定刻に発つ乗り合いのモーターボートでベニスの街へ向かった。モーターボートは予約したホテル《ダニエリ》の真横に着けてくれた。有名な《サンマルコ広場》はすぐ近くにあって、ポールが語っていたとおり、広々として、昔風で、とても素敵な広場だった。街全体が水の上に浮かぶベニスの姿はまさに魔法の都会だった。どの家も何百年と古く、例外なく金色のタイルで飾られている。サンマルコ広場に隣接してドゥカーレ宮殿があり、宮殿には有名な「涙橋」が架かっている。アリスは昼食をとろうと、ポピュラーなカフェ《ハリーズ・バー》に入った。店内には、クイーン・エリザベス2世号やロンドンやパリで仲良くなった人たちが大勢いた。みんなは競ってアリスを自分たちのテーブルに呼んでくれた。

夫婦で旅行している人たちが何組もいた。彼らはことあるごとに手を握り合い、抱き合い、笑い合っている。アリスは羨ましかった。自分にも心を許せる人がいれば、と心から思った。余生を一緒に過ごして、喜びや苦しみを分かち合える特別な男性がいたらどんなに幸せだろう、と。

〈でも、そんなことを願うわたしは欲張りすぎるのかしら？　こんな素敵なセカンド・チャンスをもらって、充分に幸せじゃないの〉

アリスはベニスで五日間過ごした。

〈さあ、次はどこへ行こうかしら〉

彼女は自問した。そして、迷わずに自答した。

〈ローマよ〉

その夜のうちに荷造りを終えると、アリスは幸運のクオーターがちゃんと財布の奥におさまっているかどうか確認した。そして、次の日の朝、特急列車『フレッチェ』に乗り、ローマへ向かった。


ローマはベニスよりもさらにエキサイティングな都会だった。古代ローマ時代の遺跡があちこちにあり、何百年も前に建てられた石づくりの家がいまでも使われていて、世界中どこにもないような不思議な都市風景をつくっている。

《エチェルチォール・ホテル》にチェックインしたアリスは、ひと休みしてから、古代ローマ時代の競技場《コロッセオ》へ行ってみた。いまも外観だけは原形を留めているこの競技場は、剣闘士たちが命をかけてライオンやトラを相手に戦い、あるいは剣闘士同士どちらかが死ぬまで戦った場所である。その血みどろの戦いをローマ時代の観客たちは歓声をあげて観ていたに違いない。古い時代の人ってなんて残酷なのだろう、と思いながら、アリスはコロッセオをあとにした。次に彼女はカトリック教の大本山《バチカン宮殿》を訪れた。宮殿の外観は壮麗で、宮殿内は彫刻や絵画の傑作で埋まっている。その価値を金銭に直したらおそらく天文学的数字になるのだろう。分かりやすい表現がある。〝この宮殿のひとつ屋根の下に納められている美術品は、世界中の美術品をひとまとめにしたよりも価値がある〟と。

ローマには食事ができる居酒屋風のレストランがたくさんある。アリスは気の向くままにそんなレストランのひとつに入ってみた。店内は労働者風の男性客でにぎわっていた。妻や子供を連れてきている客もいる。彼らが大声で話す軽快なイタリア語は聞いているだけで心地よかった。またあるときは、ベニスで知り合った友達と連れだってエチェルチォール・ホテルのレストランで贅沢な夕食をとったりもした。

しかし、このころのアリスは少し寂しさを感じ始めていた。周囲で目にするカップルはみな幸せに見える。どんな女性にも男性がぴったり寄り添っていて、つい羨ましくなる。男女は対でいるのが自然の姿なのだろう。だが、彼女だけはまだ独り身だ。イタリアに来てからも何人かの男性に誘われて食事ぐらいは付き合った。みな彼女を〝ベリーシマ（美しい）〟と言って褒めてくれた。が、彼女のほうはときめかなかった。アリスとしては、男性と気まぐれに戯れるようなことはしたくなかった。お互いに信頼できる特別な男性と出会うまでは寂しくても仕方ないのだと割り切っていた。

とはいえ、旅は毎日が栄光に満ちた冒険だ。アリスはその一分一秒ももらさずエンジョイしたかった。

〈さて、次はどこへ行こうかしら〉

この日もまた彼女は自問自答した。

〈スペインにしよう！　面白そうな国だから〉

だが、アリスにはローマにいるあいだにぜひやっておきたいことがあった。願いが叶うという泉へ行って一度運試しをしてみたかった。その泉についてポールはこんなことを言っていた。

「泉の中にコインを投げ入れて願い事をすると、それがいつか叶うんだ」

アリスは次の日の朝、矢も楯もたまらずにその泉へ出かけた。泉を前にして財布を開けてみるとコインがいくつもあった。どれにしようか迷っているうちに、いつのまにかピカピカのコインをつかんでいた。彼女が大切にしてきた"幸運のクオーター"だ。それを投げ入れようと思ったが、惜しくてなかなかできなかった。

〈でも願いが叶うなら、幸運のクオーターの助けを借りたほうがより確かなのでは〉

アリスは目を閉じ、願い事をまぶたに浮かべた。そして、幸運のクオーターを泉の中に投げ入れた。

その様子を近くで見ている老紳士がいた。背が高く、白髪で、引き締まった顔をした男性だった。アリスを見ながら老紳士は思っていた。

〈なんて美しい女性なんだろう〉

彼はこんな女性に巡り合えないかと長いあいだ願ってきた。だからアリスの後ろ姿からなかなか目が離せなかった。

アリスのほうはそんなこととも知らずに、泉に背を向けホテルに戻っていった。彼女が気づかなかったことがもうひとつあった。実は、彼女が幸運のクオーターを投げ入れた泉は、願いが叶うというトレビの泉ではなく、近くにある似たような別の泉だった。

第5章
共同経営者

一般の人は迷信が好きだ。だから、ローマに来ると、日頃の願いが叶うようにと《トレビの泉》を訪れ、コインを投げ入れる。だが、みんなが知らないことがひとつある。夜になると食うに困っている人たちが大勢やって来て、トレビの泉だけでなく、あらゆる泉の底をさらい、コインをかき集めて持って行ってしまうのだ。コインは英国のペニーもあれば、メキシコのペソも、日本の円も、ユーロも——世界中から押し寄せる観光客が投げ入れるあらゆる種類のコインがどっさりある。

この夜アリス・ジンマーが投げ入れたピカピカの硬貨は地元の浮浪者に拾われ、近くのバーで安物ワイン一杯に化けた。

そのクオーターを受け取ったバーテンダーは、店からの帰り道に新聞を買うのにそれを使った。

新聞売りは、その日デートだったので靴を磨いてもらい、ピカピカ光るクオーターを靴磨きの少年に渡した。靴磨きの少年はそのクオーターをお釣りとしてアメリカ人の客に差し出した。

アメリカ人の客の名前はドナルド・アダムスといい、職業は建築家だった。ドナルド・アダムスもエチェルチォール・ホテルに滞在していた。ダイニングルームで食事中の彼は、メニューから美味しそうな料理を選んで注文したのに、食が進まなかった。というのも、その日の朝、古い友人と電話で交わした会話の内容が気になって食事どころではなかったからだ。

「言いたくないんだけどね、ドナルド、きみの共同経営者のピート・ターケルは詐欺師だぞ」

「何を根拠にそんなことを言うんだい？」

「あいつは、きみの会社の金を使い込んでいるらしい」

「そんなこと信じられないね」

友人の忠告は間もなく事実であることが判明した。どうやらピート・ターケルは長年にわたって会社の金を使い込んでいたらしい。ニューヨークに戻ったらあいつを直接追及しよう、とドナルドはとても冷静ではいられなかった。

会社を何年も共同で経営してきたから、今さらいがみ合うのは避けたいところだった。同い年で、同じ学校に通い、一緒に旅行したり、共に競い合ったり、楽しい時間を分かち合ってきた仲だった。ところが、ピートは結婚を機に変わり始めた。ふたりのあいだに何かが入り込み、あれほど気が合っていたふたりなのに、一緒に外出することが極端に少なくなってしまった。ふたりのあいだに入り込んだ何かとは、とりもなおさずピートが結婚した相手、エイミーだった。アダムスの目にエイミーは強情で計算高い女と映った。ドナルドもエイミーのことが嫌いなら、エイミーのほうもドナルドのことが大嫌いだった。このことがふたりの男性の関係を難しいものにした。建築会社を平等の立場で経営していたふたりだが、ドナルド・アダムスの名のほうが世間により知られていた。ピートの妻はそのことが気に入らず、何かにつけて夫を焚きつけていた。ドナルド・アダムスには、ピート夫婦の会話がいまにも耳に聞こえるようだった。

「あの会社のブレーンはあなたでしょ、ピーター。なのに、なんでドナルドだけ有名になるの？　あなたひとりでやったほうが上手くいくんじゃない？」

もちろん、それは事実ではなかった。ドナルド・アダムスの頭脳と才能なしには会社はとても立ち行く状況ではなかった。だが、このところ、ふたりの共同経営者のあいだはぎくしゃくしっぱなしだった。そこへきて、共同経営者が会社の金を使い込んでいるという情報が寄せられたのだ。ドナルド・アダムスは悩んだ。なぜ使い込む必要などあったのだろうか？　欲張りな妻にせがまれて高価なブランド品を買うためだったのでは？

〈たぶんそうに違いない〉

と、ドナルドは思った。しかし、この際使い込んだ理由が問題なのではない。ピート・ターケルのやったことは犯罪なのだから。そのまま見過ごすことはできない。

〈もうこれ以上共同経営をつづけるわけにはいかない〉

ドナルド・アダムスは決断した。

〈彼に会社を辞めてもらうか、それともわたしが辞めるかのどちらかだ〉

共同経営者の裏切りはショックだった。そのことで頭がいっぱいで、ドナルド・アダムスはウエイターの声が聞こえなかった。ウエイターは声を上げた。

「ドナルドさん？」

ドナルドはハッとして顔を上げた。

「ごめん、聞いてなかった」

「食事にぜんぜん手をつけていないじゃないですか。お口に合わないのなら、何か別のものでもご用意しましょうか？」

「いや、結構。実はあまりお腹が空いていなかったんだ。ルイジ」

ドナルド・アダムスがローマにやって来たのは、休養が目的だった。だが、共同経営者の使い込みを知って、旅行気分は台無しになってしまった。他の人たちはどんな顔で食事をしているのかとドナルドは周囲を見まわした。近くのテーブルで明るい顔をした婦人がひとりで夕食をとっていた。前にも見かけた女性だ。確か誰かが彼女をアリスと呼んでいたっけ――。そうだ、アリス・ジンマーだ。彼女もアメリカ人で、ひとりで旅行しているらしい。

そのとき、別のテーブルに着いていた銀髪の老紳士が立ち上がり、アリス・ジンマーのテーブルに近寄るのがドナルド・アダムスの目の端に入った。テーブルが近かったので、老紳士の言葉も聞きとれた。

「失礼ですが、マダム、わたしはマーク・ホイットニーと申す者です。今日あなたが泉で願い事するのを見ました。いかがですか？　願いは叶いましたか？」

アリスは顔を上げて老紳士を見た。泉で願い事をしたとき彼女の斜め横に立っていた魅力的な男性その人だった。魅力的な、というよりは、彼女の好きなタイプの男性だった。

アリスは自分の顔が赤らむのが分かった。

「願い事が叶ったのかどうか、まだ分からないんですよ」

婦人の答えを聞いてマーク・ホイットニーは微笑んだ。

「願い事が叶うには時間が必要ですよね。おひとりで食事ですか？　ご一緒させていただいていいでしょうか？」

「かまいません、どうぞ」

亡き夫のポールが生き返ったのかと思えるほど、老紳士は立ち居振る舞いがポールにそっくりだった。テーブルの空いた椅子を引き、腰をおろそうとする彼にアリスが尋ねた。

「ローマにはお仕事でいらっしゃってるんですか？」

「いいえ、仕事はもう引退しました。実は、妻を亡くしてから、家にいる必要がなくて、こうして世界中を見て歩こうって思いついたんです」

〈わたしと同じだわ！〉

アリスは寂しさを感じていたときなので、同志に出会えたのがよけいに嬉しかった。

「では、あなたもおひとりで旅行しているんですか？」

「そうです」

いま知り合ったばかりの相手に身の上話などするつもりはなかったが、聞き上手な老紳士の言葉に導かれて、アリスは自分の口から言葉がほとばしるのを止められなかった。娘夫婦のことも打ち明けたし、ジャックポットのことも話した。

まるで幼なじみと語らうようなふたりの打ち解けかただった。

「すると、一枚のクオーターでそんな奇跡が起きたんですか？」

このストーリーを読んでいるあなたは、この瞬間、例の幸運のクオーターは、ふたつ離れたテーブルに着いている建築家のポケットの底に納まっているのをご存じだ。

そんなことを知るよしもないふたりは会話を弾ませた。

「カラカラ帝の大浴場には行きました？」

「行ってないと思うわ。そこには何があるんですか？」

「古代ローマ時代に公衆浴場だった所ですよ。現在ではオペラのステージに使われています。素晴らしい劇場です。オペラはお好きですか？」

「ええ、とても」

「もし、明日の夜、何かご予定がなかったらオペラにお誘いしたいんですが。いまは『ファウスト』を上演しています」

「予定は何もありません。ぜひご一緒したいわ」

アリスは笑顔で答えた。実は、明日の朝スペインへ出発する予約がすべて完了していたのだが、そのことは言わずに、〝グッドナイト〟を言ってマーク・ホイットニーを見送ってから、コンシェルジュのデスクに立ち寄った。

「すみません、予約の変更をお願いしたいんですが」

「どのように変更しますか、ジンマーさん？」

「明日の朝、スペインに発つことになっているんですが、それをひとまずキャンセルして、ローマの滞在を二、三日延ばしたいんですけど」

「かしこまりました」

コンシェルジュは軽快に応じた。

「喜んで手配いたします。では、ローマにはいつまで滞在されますか？」

アリスはちょっと口ごもった。

「そ、それがま、まだ、はっきりしないんです」

いつになるかはマーク・ホイットニー次第だ。

「一両日中に知らせます」

次の日は一日じゅう天気に恵まれ、涼しくて心地よい夜を迎えることができた。古代の遺跡を舞台にしたオペラは声が響き、照明が効いてとても素晴らしかった。ふたりにとって何ひとつ不足のない夜になった。オペラを観賞したあとマーク・ホイットニーはアリスを夕食に誘った。食事をしながらふたりはオペラのこと、観劇のこと、映画のこと、歌のこと、世の中のありとあらゆることを話題にして語り合った。会話は弾んだまま延々とつづいた。その様子はまるで、何年ぶりかで会って話す幼なじみのようでもあった。ポールに先立たれて以来、アリスがこれほど誰かと打ち解けたのは初めてだった。会話の最後にマーク・ホイットニーがこう言った。

「明日ご予定がなかったら、ポポロ広場にいいレストランがあるのですが、そこで昼食はいかがですか？」

「ええ、ぜひ」

次の日の午前中に、マリーとサムから電話があった。今回は最初にサムが出ていた。

「お元気ですか、義母《かあ》さん？」

「元気ですよ、ありがとう、サム」

「あのね、義母さん。今日電話した理由はね、おれもマリーも義母さんのことがとても心配なんだ」

「あら、どうして？」

「というのは、ほんと言うと——（義母さんの年齢でひとり旅なんて）」

と、言いそうになったが、年齢の話をするとアリスが嫌がるのを思い出して、サムはこう言って誤魔化した。

「マリーもおれも、義母さんに早く帰って来てもらいたいんですよ」

「あら、本当なの？」

「本当ですよ」

「あなたの言葉を信じるわ、サム」

娘夫婦はそれ以上なにも言えなくなってしまった。いままで義理の息子にさんざん嫌な思いをさせられてきたアリスである。そんな場面のひとつが頭をよぎった。新しい靴が欲しいとサムに頼んだとき、彼はこんなことを言っていた。

「新しい靴なんて、いらないじゃないか。どこへも行くところがないんだから」

そのときのことを思い出しながら、アリスは電話口のサムに言った。

「あなたもマリーも、わたしのことは心配する必要ないのよ。これまでのわたしの人生でいまの自分が一番幸せなんですから」

アリスはいまの満ち足りた境遇を、義理の息子の新車や、娘のミンクコートなどと交換したくなかった。サムは粘った。

「でもね、おれが思うに――」

「ごめんなさい、サム。人を待たせているから、わたし、もう行かなきゃ。マリーによろしくね」

そう言ってアリスは電話を切った。

彼女はマーク・ホイットニーに会うために道を急いだ。今日の彼との会食は自分たちふたりにとって未来の始まりになるような気がしていた。彼女が泉に投げ込んだラッキー・クオーターが願いを叶えてくれたに違いない。


ドナルド・アダムスは大西洋を横断する一番早い便でニューヨークへ戻った。共同経営者と対決するという悪夢を一刻も早く終わらせたかったからだ。彼の建築会社は現在大型のプロジェクトを抱えている。共同経営者同士が対立したままだとプロジェクトが進まなくなる。彼としてはそんなことにはしたくなかった。

ニューヨークに着くと、ドナルドは空港から直接自分たちのオフィスへ向かった。ピート・ターケルが彼の到着を待っていた。

「ローマの休日はどうだった？　なにかいいことあったかい？」

いつもなら笑みを返すところだが、ドナルド・アダムスは顔をこわばらせた。

「話があるんだ、ピート」

「なんだい、改まって？」

「きみには会社を辞めてもらうしかない」

ピートはびっくりして、ドナルドを見つめた。

「なにを言い出すんだい？　おれは共同経営者だぞ。この会社の半分はおれが所有していることを忘れないでくれ」

「ところがきみは会社の金を横領している。しかも何年も前からそれをつづけてきた」

「ちょ、ちょっと待ってくれ、親友——」

「ぼくはもう、きみの親友じゃない。きみの横領を知った以上、これまでどおりというわけにはいかない」

「おれが横領しているなんて、誰がチクッたのか知らないけど——。まあ、いいや。確かにときどき会社の金は使ったさ。でも、大した額じゃないし、いずれは返すつもりだったんだ」

「この際だから言うが、問題なのは金のことだけじゃないんだ。ぼくははっきり言ってきみの最近の仕事に対する態度が我慢できないんだ。いままで進めてきた共同住宅のプロジェクトを、きみはぼくの承諾なしに勝手にキャンセルしたそうだね?」

「ああ、したけど。うちの会社には必要ないと思ったからね。貧乏人のための共同住宅なんか作るよりも、同じ予算を、金持ちのための高層住宅に回したほうがずっと儲かるんだ」

「きみのそういう考え方がぼくは嫌いなんだ。この都会には住む家がなくて困っている人たちが大勢いるのをきみも知っているだろう。そういう人たちのための低予算の住宅計画を進めていたんじゃないか」

「ご立派なこった。でもおれたちは慈善家じゃないんだ。金を儲けるためにビジネスをやってるんじゃないか」

「ほら、ほら、こんなことでも意見が合わないじゃないか。共同経営は無理だよ、ピート。もうずっと前からぼくはそう思ってきた。いつからだったか思い出せないけど、ぼくかきみかどっちかが変わってしまったんだよ。昔は気心が知れていたから、目と目を合わせるだけでなんでも進められた。でも、いまはささいなことでも意見が食い違っている」

ピート・ターケルは軽く受け流した。

「それはおれの責任じゃないね」

「いいだろう、ぼくの責任かもしれない。それはどちらでもいいことだ。ぼくがいま言いたいのは、この際、パートナーシップを解消しようということだ。会社の株のきみの持ち分をぼくに売ってくれ」

「いやだね。こんなに儲かってる会社を手放すなんて。会社がここまで来るのにおれの貢献もあるんだ。むしろ、きみの株をおれが買うことにする」

「それはぼくもお断りする」

「じゃあ、どうすればいいんだい?」

ドナルド・アダムスはしばらく考えてから答えた。

「じゃあ、こうしようじゃないか。コインをトスして当てたほうが株を買い取り、ビジネスを継ぐ。ハズレたほうが株を売って辞めていくってのはどうだい?」

何かで対立したとき、ふたりがよく採用する、平等で手っ取り早い解決策だった。

ギャンブル好きのピート・ターケルには心をくすぐる提案だ。

「面白いね。おれはそれでいいけど」

ピート・ターケルはそう言ってズボンのポケットをまさぐった。

「でも、コインがねえなあ」

「ぼくが持ってると思う」

ドナルド・アダムスは自分のポケットからピカピカのクオーターを取り出した。ローマで靴磨きの少年からお釣りとしてもらったコインのひとつだ。

「じゃあ、きみが言いたまえ。裏、表?」

「裏」

ドナルド・アダムスはコインを宙に投げ、それが床に転がるのを見守った。コインは表を上にして止まった。ピート・ターケルはなんとも言えない表情でコインを見つめた。

「きみの負けだ。さっそく明日弁護士に書類を作ってもらう。きみは机をカラにして、明日までにここを出て行ってくれ」

ピート・ターケルは怒りで体を震わせた。

〈コイントスで決めるなんてバカなことをしなければよかった〉

まさか自分が負けるとは思いもしなかった。ふたりが共同経営しているアダムス&ターケル社は急成長した建築会社として世間によく知られている。そこから自分が抜けて、どこかでまた一からやり直すなんてとんでもないことだった。ドナルド・アダムスなしでやれるものかどうか、ピート・ターケルにはまるで自信がなかった。アダムスには才能があり、デザインや構造を創案するのはもっぱら彼のほうで、ピート・ターケルはドナルドのデザインを褒めそやし、それを売って歩くセールスマンに過ぎなかった。だから会社を去るなんてピート・ターケルには出来ない相談だった。だが、ほかにどんな選択肢があるというのだ。25セントコインは表面を上にして止まったのだから。


「あなたはバカよ！　大バカよ！」

ピートの妻エイミーは、近所にも聞こえるような金切り声をあげて夫をなじっていた。

「半分はあなたの会社なんでしょ。ドナルド・アダムスが対等の共同経営者をクビにできるはずないわよ」

「おれはクビにされたわけじゃないんだ。コイントスで負けた結果なんだ」

「コイントスですって？　子供の遊びじゃないのよ。いい年した大人がなにをやってるの！それに、一体全体、ドナルド・アダムスはあなたのどこが気に入らないの？」

ピート・ターケルはさすがに横領の件は妻に話せなかった。というのも、横領した金の使い道が、妻には絶対バレてはいけない愛人の存在だったからだ。

彼の愛人は最近ますますわがままになり、あれやこれやと高価なものをねだるようになっていた。そのためもあって、競馬に足繁く通うことになり、負けが込んだ結果こういうことになってしまった。そんな事情をここで打ち明けるわけにもいかず、ピート・ターケルはエイミーにこう言っただけだった。

「ドナルドのやつ、おれに嫉妬してるのさ」

「そうでしょうとも、あの会社の頭脳はあなたなんだから。あなたがいなかったら会社は立ち行かないはずよ。ドナルド・アダムスを売り込むためにあなたがどれほど尽くしてきたか、彼は分かっていないのよ。だから成功した今になってあなたを追い出して、儲けを独り占めしようとしているんだわ」

ピート・ターケルは、室内にしつらえたバーのカウンターに歩み寄り、グラスにストレートウイスキーを注ぎ、それをひと口で呑みほした。妻の言うとおりだ。彼がいなかったら、会社の今日の発展はなかっただろう。ピート・ターケルが心血を注いだ会社ではないか。確かにドナルド・アダムスにはデザインの才能はある。だが、それを売る人がいなかったら才能など何にもならない。ピート・ターケルがいなかったら、ドナルド・アダムスなどいないに等しい。

ピート・ターケルは、ウイスキーをストレートでもう一杯呑んだ。ドナルド・アダムスは理想主義者だ。いつもクソ理想を絡めて商売をしたがる。今回の低所得者向けの低コスト住宅もいい例だ。あんなプロジェクトを進めたら、会社の儲けなどすっ飛んでしまう。

「貧乏人の心配など、誰か別のやつにやらせばいい」

ピート・タークルは声に出して自分に言い聞かせた。

「この世の中で一番大切なのは自分なんだよ。誰でも自分が一番可愛いんだ」

ピート・タークルは自分のために行動しようと決意した。エイミーの金切り声は説得調になっていた。

「これからどうしたら一番いいのか、わたしが考えたわ。ドナルドのところへ行ってもう一度話し合うのよ。長年一緒にやってきたんだから、筋の通った話なら彼も聞くはずよ。明日の朝一番で会社へ行ってみるといいわ。きっと何事もなく上手くいくから。そうしなさいよ」

だが、ピート・タークルには分かっていた、そんなことをしても無駄だと。横領がバレてしまった今、ドナルドに何を言っても聞いてもらえないだろう。


その夜、ピート・タークルは悶々として寝つけず、一睡もできなかった。ふたりの会社は目下数件の大型契約を抱えていて、それが完成すれば巨額の利益が転がり込む。なのに、このままだと、儲けはすべてドナルド・アダムスのものになってしまう。しかもピートは冷たい世間に放り出されるわけだ。いいだろう。だったら、そんなことをさせないようにすればいいんだ。

〈あのクソ硬貨が裏返っていたら、会社はおれのものになっていたのに！〉

あんなクオーター一枚が表になったために、ひとりの男の人生が台無しにされるなんて、そんなことがあっていいのか！　ピート・ターケルは会社を取り返す決心をした。そうするには取るべき方法はひとつ！

ドナルド・アダムスを殺すしかない。

第6章
計画の実行

ドナルド・アダムスを殺害するにあたっては、慎重の上にも慎重を期さなければならない。

〈おれにひとつ有利な点がある〉

ピート・ターケルは状況を分析した。

〈おれとドナルドが言い争ったことを知っているのはこの広い世界でエイミーひとりだけ

だ。世間の人たちは、ふたりはまだ仲のいい共同経営者であり、友人だと思い込んでいる〉

　空が白むころ、ピート・ターケルは起き上がり、キッチンへ行ってコーヒーをがぶ飲みしながら殺人計画を練った。要点はふたつあった。ひとつは、ドナルド・アダムスを完全に殺すこと。もうひとつは、疑いの目を自分に向けさせないこと。

〈おれの共同経営者は行方不明になる。それが一番いいだろう〉

　警察が動こうにも手がかりがない、死体が永久に見つからないのだから。

　ピート・ターケルの心にいったん火がつくと、あとは燃え盛るばかりだった。彼はとるべき行動の順序を頭の中で整理した。

〈まず最初にすべきは銃を手に入れること。次は……〉

　進むべき一歩一歩に手抜かりがないよう、慎重に検討しながらこと細かに決めていった。どこにも遺漏はない、これで完璧だ、というところまで煮詰まったとき、ピート・ターケルは立ち上がり、携帯電話を手にしてから、座り直した。

「やあ、ドナルド、昨日のことを考えていたんだけど、おれが悪かった。きみは正しい。ただ、おれとしては、きみに対して恨みつらみはないと言いたくて――」

「そう言ってくれて、ぼくも嬉しい」

「まあ、話のついでだけど、別の会社から誘いがあってね。いい業績を上げている会社なんだけど、おれに対等のパートナーとして来ないかって言うんだ」

「それはよかったな、ピート。ぼくも嬉しい。本気で嬉しい」

「この誘いを受けるべきか、断るべきか、きみの意見を聞きたいんだ。おれはいつもきみの意見を尊重してきたからね。そのことで今日の六時ごろ会えないか？」

ドナルド・アダムスはためらった。仕事があれこれ詰まっていた。だが、ピートは長年一緒にやってきた相棒だ。ここで無下《むげ》に断るのは気が引けた。

「ああ、いいけど。じゃあ、六時に事務所に来てくれたまえ」

「ありがとう。ドナルド、恩に着るよ」

ピート・ターケルは満足して電話を切った。

〈六時に事務所へなんて行くもんか！　六時半まで待てば、あのビルから人がいなくなり、ドナルドひとりになる。彼はおれを待って残っているだろうから〉

ピート・ターケルが顔を上げると、エイミーが横に立っていた。

「ドナルドと話したの？」

「ああ、そうだけど。おれに話があるんだって。たぶん話を元に戻したいんじゃないかな」

「そうに違いないわ。それで、彼にいつ会うの？」

「今日はスケジュールが詰まっていて忙しいんだって。だから明日一緒にランチを食べることにしたよ」

「会ったら、ドナルドにはちゃんと謝らせなさいよ」

　エイミーのトンチンカンな提案にピートは逆らわなかった。

「ああ、もちろん、彼には謝ってもらうよ」


　その日の午後、ピート・ターケルはインテリア・ショップへ行ってカーペットを購入した。次の立ち寄り先は工具屋だ。

「これからキャンプに行くんだけど、荷造り用のロープが欲しいんだ」

　店員はピートを様々なサイズのロープが吊るしてある壁に案内した。ピート・ターケルは強そうなロープを選んで取り上げた。

「これがいいだろう」

　ピートはそう言ってから首を傾げた。

「ああ、それから、シャベルも要るんだ。ゴミを埋めるためにね。最近は山火事が多いからな」

「では、こちらへどうぞ」

　店員はピートをシャベル売り場に案内した。ピートはあれこれ手にしてから、よさそうな一本を選んだ。最後に立ち寄ったのは、質流れの銃を店頭に並べている質屋だった。そこで彼は銃を選び、弾丸を購入した。

その夜の六時半ぴったりに、ピート・ターケルはエレベータに乗り、アダムス&ターケル社のある十五階へ向かった。そのときの彼は人目もはばからずカーペットを担いでいた。建物内には誰もいないことを知っていたからだ。ピートがオフィスのドアを開けると同時にドナルドの声が聞こえてきた。

「遅いじゃないか、三十分も待っていたんだぞ。何があったんだい?」

「ごめん、ちょっと遅れちゃった。店に立ち寄ったんだ。きみに贈りものをしたくてね。この事務所を少しでも明るくしたいんだよ。旧友の形見だとでも思ってくれ」

ピート・ターケルは紙の包みを破り、絨毯を床に広げた。場所には相応しくない柄だった。ドナルド・アダムスは渋い顔をした。

〈ありがた迷惑だ。でも、いいや、あとで処分するから〉

そう思いながら、ドナルドは明るい声で礼を言った。

「気を使ってくれてありがとう」

「どういたしまして」

ドナルド・アダムスは腕の時計を見た。

「約束に遅れそうなんだ、ピート。手短に話してくれるかい？」

「大丈夫。二、三分ですむから」

ピートは相手を安心させて、さらに言った。

「とにかく、おれに会う時間を作ってくれてありがとう。とても重要な件なんだ」

「正直言うと、きみの横領にはまだ腹が治まらないんだけど、警察に訴えるようなことはしないから安心してくれ」

「それはどうも。いずれにしろおれは、こうなってよかったと思っている」

〈あたりまえさ。これまではおれの取り分は五十パーセントだったけど、これからは全部いただくことになるんだから〉

「電話できみは、どこかの会社から誘いがあったとか言ってたけど？」

「ああ、そのとおり。でも、誘いを受ける前にきみの意見を聞いておきたくてね。と言うのも、いずれ近い将来おれがその会社の株を全部所有することになると思うんだ」

「そりゃあ興味深いね。何ていう会社だい？」

「アダムス&ターケル社」

今の今まで共同経営者だった男が突拍子もないことを言いだした。ドナルド・アダムスは顔をしかめて相手を見つめた。

「な、なんだって!?」

「アダムス&ターケル社って言ったんだが、聞こえなかったのか?」

ピートはそう言うと、ポケットから拳銃を取り出した。ドナルドは、目の前で起きていることが現実だとはとても思えなかった。

「きみは自分が何をしているのか分かっているのか?」

「いま言ったとおりのことをするのさ、ドナルド。おれが会社を全部いただくことにする」

「きみは狂ってる」

「そうかな」

「バカなことをしたら、ただではすまないぞ」

ピート・ターケルは銃を顔の高さまで上げた。

「一歩前へ出ろ!」

「なんだって?」

「聞こえただろ、さあ一歩前へ出るんだ!」

ドナルド・アダムスは言われるままに一歩前へ出た。すると、彼の両足はピート・ターケルが最前広げたカーペットの上に乗っていた。

「こんなバカなことはやめにしようじゃないか、ピート」

その瞬間だった。ピート・ターケルが握っていた拳銃がつづけざまに二度火を吹いた。弾丸はドナルドの胸部を貫通した。カーペットの上に崩れるときのドナルド・アダムスの顔には驚愕の表情が浮かんでいた。

「バイバイ、おれの共同経営者！」

ピート・ターケルは独り言を言うと、銃をポケットにしまい、曲がっているドナルドの体を真っ直ぐに伸ばし、そのままカーペットでくるんだ。こうすればオフィス内になんの痕跡も残らない。警察が疑いの目を彼に向けるようなものは何もない。

「おまえさんはこれから行方不明になるんだ」

ピートは命のなくなった共同経営者に向かって語りかけた。

「明日の朝になったら、おれは何事もなかったかのようにここへ出社して、きみがいないのをいぶかしがる。さらには、きみが行方不明だと聞いて、おれはみんなと同じようにショックを受ける。そしてショックが収まったころ、この会社を独り占めにするんだ」

死体をカーペットでぐるぐる巻きにしてから、ピート・ターケルはポケットからロープを取り出し、それでカーペットをしっかりと縛った。死体は思っていたよりもずっと重かった。オフィスから引きずり出してエレベーターまで引っ張って行くだけでも全力を要した。あらかじめ裏に停めておいた車まで運ぶのがさらに大変だった。

ピート・ターケルはトランクを開けてその中に死体を放り込んだ。百万年経っても彼が疑われることはないだろう。万一、警察が疑っても、車の中に血痕は一切残らない。カーペットが血を一滴残らず吸収してくれる。

〈ドナルドのやつ、頭がいいことをいつも鼻にかけていたっけ〉

ピートは舞い上がりたいほど幸せだった。

〈おれとどっちが頭いいかな?〉

ピート・ターケルはトランクが閉まっているのを確認してから、北へ向かって車を発進させた。目指すはニューヨーク州北部の森林地帯。慌てる必要はなかった。時間は充分にあった。妻のエイミーには、仕事の約束があるから帰宅は遅くなると言ってあった。

〈まんざら嘘じゃない〉

ウエストサイド・ハイウェーを走行しながら、ピート・ターケルは自分自身と会話していた。確かにこのドライブは仕事と言えなくはない。

〈生まれてから今までで一番でかいビジネスになるわけだからな。昨日までは会社の半分しか所有していなかったのに、今は全部自分のものになり、今日のこの一件だけでおれの資産は二倍に増えるわけだ。ドナルドがあれほど欲張りじゃなかったら、こんなことには

ならなかったろうに〉

　ピートはスピードを出し過ぎないように気をつけながら法定速度で走った。いまのところすべてが上手くいっている。変なことでパトカーに止められないようにしよう。死体がトランクの中に入っているのだから。これはいわゆる完全犯罪なのだ。やり遂げねば。

　ビルの明かりが少なくなり、やがて家々の明かりもまばらになり、パークウェーは森林地帯にさしかかった。ピート・ターケルは次の出口でパークウェーを降り、一般道を進んだ。さらに右に曲がると、周囲の明かりは一切なくなり、道の前方に月が浮かんでいるだけの景色になった。

　道路はうっそうとした森に入った。しばらく行ってから、ピートは車を人目につかないように道の端に停めた。それから、エンジンを切り、歩いて森の中へ入った。適当な場所を見つけるのに五分もかからなかった。

　真っ直ぐに延びる谷があった。死体を埋めるには恰好の場所だ。なぜならこんな森深くの谷底まで来る人間などいないだろうから。

　ピート・ターケルはにんまりしながら、車へ戻って来てトランクを開けた。それから死体をトランクから引っぱり出すと、森の中の枯れ葉の上を引きずって行った。死体はすでに硬直していた。

〈もう少しだぞ〉

ピートは悪戦苦闘する自分を励ました。谷の土手に着いたところで、カーペットを縛っているロープを放した。すると死体は、カーペットに包まれたまま谷の底へ落ちていった。

「少々荒っぽい土手滑りだけど、我慢してくれよな。相棒」

ピートはクックッと声に出して笑いながら、シャベルを取りに車に戻った。そして死体を転がした場所に戻って来ると、シャベルを抱えたまま谷底へ下りて行った。

「いまカーペットを脱がしてやるからな、相棒」

ピートは独り言を言いながら、ドナルドが転がっている場所に着いた。

〈カーペットにくるんだまま死体を置き去りにするのはバカがやること〉

カーペットに包まれたままだと、死体は腐るのに時間がかかる。そう計算して、ピートはカーペットを広げて死体を外に出した。そして、その横に穴を掘った。

地面は意外に硬く、穴を掘るのは大変な作業だった。ピートは汗でびっしょりになった。

「おまえさんはいつもおれに苦労をかけるぜ。でも、これが最後だから我慢しよう」

ピートは掘りつづけた。二時間掘っても満足できる穴にはならなかった。それでも、ドナルド・アダムスの体がすっぽり入るだけの大きな穴が完成するときがやって来た。ピートは死体を穴に蹴落とすと、使った拳銃も一緒に投げ入れた。

「おまえさんも拳銃も二度と見つからないだろう」

ピート・ターケルの声が森にこだました。

「もしかしたら、百年もたてば誰かに見つかるかもしれないな。だけど、そのころはおれももうこの世に存在しない」

ピートは泥をかけて死体を埋めた。それからシャベルをつかみ、谷の土手を這い上がった。

てっぺんに来てから、死体を埋めた場所を見下ろして満足した。上からは怪しまれるようなものは何も見えなかった。彼の共同経営者は未来永劫あの場所に埋まったままだろう。

ピート・ターケルは車に戻り、十キロほどドライブした。そこで再び車を停め、カーペットを森の茂みの中に投げ捨てた。さらに二キロ行ったところで今度はシャベルを捨てた。これで証拠になる物はすべて処分したことになる。あとは家に帰って着替えればいい。エイミーはもう寝入っているだろうから、服を脱いでシャワーを浴び、泥で汚れた衣類はとりあえずは物入れにしまっておき、明日になったらクリーニング屋へ持って行こう。

帰りの道中ハンドルを握りながらピートは思った。

〈おれの計画も行動も冴えていたな〉

彼は頭の中で今回の行動を何度も整理し直した。たとえカーペットやロープやシャベルが見つかっても、それが彼に関連付けられることはまずあるまい。また、それをいちいち事件として取り上げるほど警察は暇じゃない。ドナルド・アダムスは蒸発したのであり、それ以上でも以下でもないのだ。蒸発する前、彼が何か言っていなかったか警察に聞かれたら、「何も言っていなかった」と答えるだけだ。でも、そのときは、最近のドナルドは行動がちょっとおかしかったと警察に付け加えておこう。相棒は最近何かにとり憑かれているみたいだった、とか、問題を抱えている様子だったが、おれには話してくれなかった、とか、ローマで誰か女性と出会ったと言っていたから、彼女の所に行ってしまったのではないか、とか……。

ドナルド・アダムスには妻も子供もいないから、ピート・ターケルが会社を独り占めしても文句を言ってくる者はいない。

といった具合に、ピート・ターケルは頭が切れるのだ。

そのとおり！

〈頭のいい人間は世の中にいくらでもいるが、完全犯罪を成し遂げられるほど頭のいい男はめったにいない〉

以後すべてはピート・ターケルが予想したとおりに展開した。ドナルド・アダムスが何の連絡もなしに欠勤して、いくつかの約束をすっぽかすことになり、事務所内は大騒ぎになった。彼の失踪を警察に届けたのはピート・ターケル自身だった。

「黙って出社しないなんて、いままで一度もありませんでした。自宅を訪ねてもいないし、電話も通じません。わたしも心配で……」

警察は捜索を開始したが、何か見つかるはずもなかった。頭脳の競争となったら、警察がどんなに頑張ってもピート・ターケルに勝てるはずはないのだ。

「黙っていなくなるなんてドナルド・アダムスらしくありません。何か事件に巻き込まれたりしていなければいいんですが」

「もし事件に巻き込まれていたら、警察のほうですぐ分かりますよ」

担当の刑事は胸を張った。

〈いや、警察が解決できるものなんて何もないね〉

会社は百パーセント、ピートのものになり、会社の金は彼の使い放題になった。それを止められる唯一の人間がドナルド・アダムスのはずなのに、彼はすでにこの世からいなくなってしまった。人生は奥が深い。

ニューヨーク州では毎年秋になると狩猟が解禁になる。鹿と間違えられないよう、赤い上着に赤い帽子をかぶったハンターたちが、獲物を求めてニューヨーク州北部の森の中に入って行く。その数は毎年数百人におよぶ。

渓流に沿って歩いていたひとりのハンターが不思議なものを目にした。谷の底のほうで光を反射して何かがピカピカ光っていた。ハンターは何だろうと思い、足を止めて谷底に目を凝らした。しかし遠すぎて、光るものが何なのか分からなかった。

〈誰かが投げ捨てた空き瓶のキャップかな？〉

だが、辺りに空き瓶らしきものは見当たらなかった。それに、一般の人はこんな森深くまで入ってこないだろう。

ハンターは光るものが何なのか知りたくなり、行って調べることにした。急斜面を下りて行き、光るものを拾い上げてみてびっくり、それは真新しい25セント硬貨だった。

〈不思議だ〉

ハンターは首をひねった。

〈こんなところに、どうして新品の25セント硬貨が落ちているんだろう？〉

ハンターがくるりと背を向けてその場から立ち去ろうとしたとき、何か別のものが目に留まった。目を凝らしてよく見ると、それは人の手だった。大人の手らしい大きな手が地面から突き出していた。

その夜、ピート・ターケルは妻のエイミーと一緒に自宅のアパートで夕食をとっていた。そのとき誰かがドアをノックした。

「わたしが出るわ」

そう言ってエイミーが玄関へ行き、来客と二言三言、言葉を交わしてからテーブルに戻って来た。

「警察の人が訪ねてきたわ。あなたと話したいんだって」

「警察だって⁉」

ピート・ターケルは一瞬心臓の鼓動がおかしくなった。警察が話をしたいとはどういうことなのだろう。ピートは息を深く吸い込んで自分を落ち着かせた。おそらく形式的な事情聴取の一環なのだろう。共同経営者が行方不明になっているのだからそれも当然だ。だったら、聞かれたことにいちいち答えてやろう。

ピートは立ち上がり、愛想笑いを浮かべながら玄関へ向かった。背が高くて太った中年の男が玄関口に立っていた。日焼けした赤ら顔に口ひげをたくわえた大男だった。

「ターケルさんですね?」

「ええ、そうですけど」

「わたしはニューヨーク市警察殺人課の刑事ロジャー・ベンソンです。二、三お聞きしたいことがありまして。二、三分ですみますから、今よろしいでしょうか?」

「かまいませんよ。どういうことですか?」

「以前あなたの共同経営者だったドナルド・アダムスさんについてなんですが」

「はあ。彼の何についてですか?」

「悪い知らせでお気の毒なんですが、ターケルさん。ドナルド・アダムスさんの死体が見つかりまして。どうやら殺害されたようです」

ピート・ターケルにとっては最悪の展開だった。彼はショックのあまり口をポカンと開けて刑事の顔を見つめた。穴の中にしっかり埋めたはずの死体がどうしてこんなに早く見つかったのだろう。あの男の死体は完全な骸骨になるまで何十年も地中に埋まっているはずなのに。

刑事はピート・ターケルの顔をうかがった。ピートは思わず口にした。

「なんて恐ろしいことだ。誰が彼を撃ったんですか?」

刑事は首を傾げた。

「銃で撃たれたって、どうして分かったんですか?」

刑事の何気ない質問にピートは慌てた。

「う、撃たれたって、さ、さっき言ったじゃないですか」

「いいえ、そんなこと言ってませんよ。殺されたと言っただけです。犯行に使われた銃はすぐ近くで見つかりましたけどね。指紋が残っているんですよ。ところで、以前アダムスさんの秘書をしていた女性と少し前に話したんですが、彼女の話によると、あなたはアダムスさんと喧嘩されたそうですね。あなたを会社から追い出すってアダムスさんは言っていたそうですが」

「そんなバカな。わたしたちは仲のいい親友同士です」

「分かりました。では、ターケルさん、指紋を取らせていただけますね」

第7章
刑事の趣味

「するときみは、一枚のクオーターのおかげでピート・ターケルを逮捕できたわけだ」

「ええ、そのとおりです」

ロジャー・ベンソン刑事はポケットの中の25セント硬貨を指先で撫でた。

〈この硬貨は宝物として大切にしよう〉

ロジャー・ベンソン刑事は警察の幹部と会話をしていた。

「お手柄だった。ところで犯人の自供は得られたのかい？」

「ええ、もちろんです。動かぬ証拠の指紋が出てきましたから、彼もすぐ諦めました」

「自分は頭がいいと思い込んでいるヤツが結局は一番捕まりやすいんだ」


ロジャー・ベンソンはニューヨーク市警察に二十年間も勤めているベテラン刑事である。若いころは仕事も好きだったし、熱心だった。しかし時が経つにつれ、マンネリな警察の仕事にうんざりするようになっていた。ちょうどそのころ、妻や子供たちも退屈な彼にうんざりし始めていた。

妻のスージーは顔色の悪い口うるさい内弁慶で、年じゅう小言を言い、気に入らないことを見つけてはわめき散らす心の狭い女だった。幼いふたりの娘たちも母親に感化されて父親をバカにするようになっていた。

ロジャー・ベンソンは、追い詰められた結果、ふたつの結論に達していた。そのひとつは、自分は警察の仕事が嫌いだということ。もうひとつは、家にも帰りたくないということ。そんな彼の逃げ場は趣味の写真だった。

彼は深夜の都会風景を撮るのが得意だった。薄霧が高層ビルに絡まったり、川に蒸気が漂うような早朝の風景も彼の好きなシーンだ。その腕にも磨きがかかり、作品も少しずつ知られるようになった。公募展にもよく出品した。賞こそ獲ったことはないが、彼の作品がみんなの注目を集めているのは確かだった。

彼がフランス系カナダ人の女性写真家ケイト・デュ・ルーと知り合ったのは、そんな写真展のひとつでだった。一度ベンソンは、5番街の画廊で開催された写真展で彼女の作品を見たことがあった。その出来栄えに魅せられて、彼は画廊のオーナーに尋ねた。

「この写真はどなたが撮ったんですか？　素晴らしい作品ですね」

「作者にお会いになってみますか？」

画廊のオーナーはそう言いながら、片腕を広げて後ろを指差した。ベンソンが振り返って見ると、すぐそばに若い美女が立っていた。

「こちらが、この作品を手がけた写真家のケイト・デュ・ルーさんです」

彼女は黒い瞳が輝く三十代の女性で、体格がよく、利口そうな顔をしていた。

「あなたの作品に感動しました」

「ありがとう。わたしもあなたの作品を見て感動しています」

ベンソンは褒められて悪い気はしなかった。

「どうもありがとう」

ふたりの関係はこうして始まった。

そのあとふたりは近くのショップへ行き、コーヒーを飲みながら写真談議に花を咲かせた。同じ趣味への情熱を共有するふたりに話の種は尽きなかった。

ロジャー・ベンソンには大人のタフネスさが感じられ、ケイト・デュ・ルーは彼のそんなところに好感を持った。最初に誘ったのは彼女のほうだった。

「わたし、プラザ・ホテルに滞在しているんですけど、今夜よろしかったらいらっしゃいませんか？　わたしの他の作品もお見せしたいわ」

ベンソン刑事は躊躇しなかった。

「喜んでお邪魔します」

しばらく雑談してから、ケイト・デュ・ルーの口から年頃の女性らしい質問が飛び出した。

「結婚されているんですか？」

突然尋ねられて、ベンソンは反射的に「ええ」と言いかけたが、なぜかその言葉を飲み込んで「いいえ」と言ってしまった。

「どうしてまだおひとりなんですか？」

「いい人にまだ出会っていないんです」

その言葉の意味だけは正しかった。

「今夜八時でいかがですか？」

ロジャー・ベンソンは長い結婚生活の中で、誘惑されたことは一度ならずあったが、浮気したことは一度もなかった。そんな彼が迷うことなく応えていた。

「ええ、ぜひお邪魔します」

ベンソンは何はともあれ家に電話を入れた。

「今夜は急に夜勤が決まってね、スージー、夕食には間に合わないから先に食べていてくれ」

「でも、そんなこと言ったって、あんたの好きなTボーンステーキを作っちゃったわよ」

妻のいつもの小言が始まった。彼はこれを聞くたびに家に帰るのが嫌になる。

「出来上がった料理をどうすればいいの？　捨てろって言うの？」

彼は思わず「そうしろ」と言いそうになったが、なんとか我慢してこう答えた。

「分かってるだろ。おれは市に雇われている公務員なんだ。夜勤を命じられたらそのとおりするしかないんだよ」

「じゃあ、何時に帰るのよ!?」

「帰るとき帰るんだ！」

ベンソンは思わず怒鳴ってしまった。

ベンソンはさっそく床屋へ行って髪をカットしてもらった。それから花屋へ寄って、ケイトにプレゼントするためのバラの花束を作ってもらった。ホテルに向かって歩きながら、ベンソンは自分がどんどん臆病になるのが分かった。この種の経験は初めてだった。だから、どう振る舞えばいいのか自信がなくなっていた。

ホテルに着いて彼女の部屋をノックすると、ドアが開き、ケイト・デュ・ルーの屈託のない笑みに迎えられた。

「いらっしゃい、ロジャー」

バラの花束を目にした彼女の反応は素早く、そつがなかった。

「あら素敵。優しいのね、どうもありがとう」

彼女が泊まっていた部屋は二間つづきでゴージャスな感じだった。壁一面に彼女の作品が飾られていた。ベンソンは圧倒された。

「素晴らしい！　あなたは本当に才能がある」

ベンソンは部屋のあちこちに飾られている作品群を見て回った。その構成も意図も精密度も称賛に値した。カナダの自然風景もあれば、風雪に耐えた農民の顔や、目を輝かす子供たちの写真もあった。

「ぼくにもあなたの才能の半分でもあれば――」

「なにをおっしゃるの。あなたにだって凄い才能があるじゃないですか。肝心なのは自分に自信を持つことですよ」

〈そんなこと言われても〉

とベンソンは自分の私生活を振り返り、苦々しく思った。

〈妻や子供に年中バカにされ、趣味の写真もけなされてばかりいる〉

写真を撮り始めた当時、作品を完成させては妻のスージーに見せて彼女の感想を聞いたものだ。

「この写真どう思う?」

彼は真剣だった。が、妻は作品をひと目見てこう言い放った。

「へえっ。でもこういう趣味って、女の子がやることよね」

いつしか彼は妻には作品を見せなくなった。そして、週末には必ず出かけて街の写真を撮ったり、田舎の風景を撮ったりして過ごした。

そのことでも妻はいつも彼を非難した。

「そんなくだらないカメラをいじり回しているよりも、子供たちやわたしに少しはかまったらどうなの。あんたなんか、わたしと結婚するよりもカメラと結婚すればよかったのに！」

〈できたらそうしたいところだ〉

ベンソンは本気でそう思った。

彼の意志は固かった。妻に何と言われようとも写真を撮りつづけた。そして、シャッターを切れば切るほど、写真の趣味にのめり込んでいった。

いまケイト・デュ・ルーの部屋で彼女の作品をひとつひとつ観賞しながら彼は決心を固めた。

〈ぼくは一生この趣味で生きていこう〉

彼女の作品に見入っているロジャー・ベンソンの後ろ姿を見て、ケイト・デュ・ルーは話しかけた。

「あなたって本当にわたしの作品が気に入っているのね」

ロジャー・ベンソンは振り返って彼女を見た。

「ええ、大好きです」

彼の言葉に偽りはなかった。彼女の作品を見ていると、その純粋さに胸を打たれ、目は

潤み っ放しだった。どの作品も繊細で、何かを訴えかけている。彼が誰かの作品にこれほど惚れ込むのは生まれて初めてだった。ロジャー・ベンソンは思わずこの若い女性を抱きしめたくなった。だが、笑ってかわされそうなので行動には移せなかった。

「なにかお飲みになる?」

「ええ、いただきます」

ケイト・デュ・ルーはウイスキーをソーダで割り、そこにスライスしたレモンを入れた飲み物をふたつ作った。ふたりはグラスを手に、長椅子に並んで腰を下ろした。

「あなたの話を聞かせて。刑事の仕事って好きなんですか?」

「正直言って、あまり好きになれません」

ロジャー・ベンソンは自分の口から出た言葉に驚いていた。刑事の仕事が好きじゃないなんて今まで誰にも言ったことがなかった。妻にさえ内緒にしていた。なのに、今、知り合ったばかりの赤の他人にこんな告白をしている。

「ぼくは国家権力とか警察権というのが肌に合わないんです」

「だったら、どうしてお辞めにならないの?」

「警察を辞めて他に何ができるっていうんですか。ぼくも食べていかなければなりませんからね」

「あなたぐらい才能があったら、写真家として充分にやっていけると思うわ」

「でも、それだけで生活するのは無理でしょう」

「実は、わたし、ケベックで写真スタジオを経営しているの。けっこう繁盛してるのよ。わたしひとりでは注文に応じられないくらい。だから、あなたのような才能のある人に手伝ってもらうこともできるわ」

　ロジャー・ベンソンは目を輝かせて彼女を見つめた。

「本当ですか？」

「ええ、本当よ。興味ある？」

「ええ、大ありです」

　ケイト・デュ・ルーは自分のグラスを掲げた。

「わたしたちの共同スタジオに乾杯！」

　ふたりは乾杯してグラスを呑みほした。

　それから一時間、ケイト・デュ・ルーは自分の写真スタジオについて、どんな機会に起業して、どんな具合に発展してきたかをベンソンに語った。話の面白さに魅せられてベンソンは聞き役に回った。だが、聞いているあいだ中ずっと考えていた。

〈このまま行ったら、とんでもないことになる。彼女には本当のことを言わなければ。ケ

ベックに行くわけにはいかない。自分には妻もいるし、幼い娘がふたりもいるんだ〉

しかし彼女の話を聞けば聞くほど、ベンソンは、彼女が語る未来や夢に魅せられていった。

最初は並んで長椅子に座っていたふたりだったが、いつの間にか抱き合いキスし合っていた。どちらがどう誘いの手を出したのか、ベンソンはあとから思い出そうとしても思い出せなかった。気づいたときにはお互いの腕の中に顔をうずめていた。一緒にベッドに入るまでに時間も言葉もいらなかった。その夜ベンソンは彼女のベッドの中で彼女を抱いたまま過ごした。彼の人生で一番幸せな一日になった。

ふたりの朝食を作ろうとケイトがキッチンへ行っているあいだに、ベンソンは自宅に電話を入れた。受話器からスージーの噛みつくような声が聞こえてきた。

「あんた、どこに行ってたのよっ!?　わたしなんかひと晩じゅう起きて待ってたんだから——」

「帰宅が何時になるか分からないって言っておいたじゃないか。緊急事態だったんだ」

「もし今度あんたが——」

そのとき、ケイトがキッチンから出てくる音が聞こえてきた。

「またあとで話すから」

ベンソンは慌てて電話を切った。

ケイトは搾りたてのオレンジジュースが入ったグラスをベンソンに手渡した。

「警察の仕事はいつ辞められるの？　早くケベックに来て欲しいわ、ダーリン」

彼女に真実を打ち明けるには今しかない。自分には家族がいて、警察を辞めるわけにはいかないし、従ってケベックには行けない、と。

なのに、ベンソンは彼女の目を覗きながら言ってしまった。

「まず退職願を出さなきゃ始まらないな」

「退職願を出してから、実際に退職できるまでどのくらい時間がかかるの？」

〈おれはいったい何やってるんだ！〉

ロジャー・ベンソンは自分を責めた。

〈彼女にひと言真実を話せばそれで片付くはずなのに〉

良心の痛みと同時に、ベンソンは、昨夜抱きしめた彼女のやわ肌の感触を思い出していた。彼女と会うのはこれっきりにしようなどとはとても考えられなかった。

ベンソンは自分の罠にかかってしまっていた。家族持ちだと彼女に知れたらその場でこの恋は終わるのだろう。と同時に、自分の大好きな趣味を活かして生きていけるせっかくのチャンスを失うことになる。そうなったら、今度は別の罠から逃れられなくなる。警察の仕事と、口やかましい妻と、母親の代弁者のような子供たちの――。

ベンソンはもう後戻りできなかった。

「退職願を出してから二週間くらいかな」

「素晴らしいわ、ロジャー。わたしは今日の午後ケベックに戻らないといけないの。二週間なら待てるわ。ケベックっていい所よ。あなたも気に入るはず。一緒に楽しくやりましょう」

いまこそ最後のチャンスだ。真実を語るための最後の最後のチャンスだ。

それが分かっていながら、ベンソンの口は別のことを言っていた。

「ぼくも楽しみにしている。待ちきれないな」

彼の頭の中で解決策が浮かんだのはそのときだった。

米国社会では毎年何万名もの男女が行方不明になっている。そして、そのほとんどが未解決のままだ。ロジャー・ベンソン自身、殺人課に転属になる前、何十件もの行方不明事件を担当していた。不幸な結婚生活から逃れるための行方不明者の場合は、わりあい見つかることが多い。ベンソン刑事は自分も行方不明者になるしかないと腹をくくった。だが、捕まるのだけは絶対に御免だった。その点、警察の捜索方法を熟知していた彼は、どうしたら完全な行方不明者になれるかもよく知っていた。誰かに咎められることなくケイト・デュ・ルーと一生安全に暮らせる方法を。

退職願など出すつもりは毛頭なかった。もっといい考えがあった。次の朝さっそく解決策の実行に取りかかった。

最初の一歩は、架空名義で中古車を購入することだった。それを実行すると、家の近くにガレージを借り、買った車をそこに入れた。

その日は普段よりも早く帰宅した。

「いったいどうしたのよ、こんなに早く帰って来て？」

妻のスージーに聞かれてベンソンは顔をしかめた。

「体調が悪いんだ。最近とくにおかしくてね」

「変なものを口に入れるからじゃないの」

スージーの口調には同情のかけらもなかった。

「いつもジャンクフードばかり食べてるからよ」

この日のベンソンは何を言われても逆らわないようにしていた。

「そうかもしれない。一度人間ドックに入って詳しく検査してもらおうと思う」

「じゃあ、わたしがリオンズ先生のところに予約しておきましょうか？」

「いや、しなくていい。正直言うと、あいつはヤブ医者だ。警察の同僚がいい医者を紹介してくれると言うから、そいつに診てもらうよ」

次の日の夕食のとき、妻が作った料理を前にしてロジャー・ベンソンは腹を抱えて身を縮めた。

「食欲が全然なくてダメなんだ」

「でも、あんたの好物ばかり料理したのよ」

「分かってるよ、スージー。悪いけど、おれは病気らしい。少しベッドで休むことにする」

「じゃあ、その先生の予約は取れたの?」

「うん、今週の金曜日に会うんだ」

次の日の朝、出勤時刻になったところでベンソンは妻に向かって言った。

「体調が悪いので今日は休むって、署に連絡してくれないか」

その日以降、ベンソンは毎日のように体調不良を妻に訴えた。

金曜日の朝早くスージーが彼のベッドの横にやって来て言った。

「気分はいくらかいい?」

「いや、ダメだ。最悪だ。今日行って医者に診てもらおう」

さすがのスージーも心配そうな顔になった。

「結果が出たら、すぐわたしに教えてちょうだい。電話でいいから」

「分かった」

心配顔の妻に見守られながら、ロジャー・ベンソンは気だるそうな手つきで着替えをすませた。

「あんたひとりで行って本当に大丈夫？　じゃあ、今夜またね。わたしはこれから買い物に出かけなくちゃ」

ベンソンはいらいらしながら、妻が出かけてしまうのを待った。彼女の姿が消えるや否や、活動を開始した。まずクローゼットに駆け寄り、スーツを一着とシャツを三着取り出し、それにネクタイと、下着と、靴と、靴下をかき集めた。それらをスーツケースにぶち込むと、借りたガレージに停めておいた車のところへ持って行き、トランクの中に放り込んだ。準備が整ったところで警察に出署し、自分の個室のドアを閉め、机に向かって遺書を書き始めた。

〝ディア　スージー。人間ドックで検査してもらった結果、悲しいことが分かってしまった。医者が言うには、おれは不治の病にかかったらしい。しかも、これからは悪くなる一方だという。寝たきりになって人の世話になって生きるなんておれは耐えられない。だから、自分の人生に終止符を打つことにする。家の引き出しを開ければ、きみが受取人の生命保険が入っているから、それを役立ててくれ。子供たちにはきみからよく説明してやって欲しい。いろいろごめん、愛している。ロジャー“

警察署を出てから、彼は車をガレージから出し、マンハッタンをあとにしてコニーアイランドの海岸を目指した。この時期の海岸には人影がないはずだ。

いざ来てみると、思ったとおり広い海岸には見渡す限り人っ子ひとりいなかった。ベンソンはトランクから衣類を取り出し、それらをライフガードスタンドの足もとにまき散らした。捨てたジャケットのポケットには遺書を忍ばせ、警察バッジや身分証明書の入った財布も一緒に入れておいた。

それがすむと、ロジャー・ベンソン刑事は車に乗り込み、ハンドルをしっかり握って、自分の新たな人生がある北へ向かった。

マンハッタンからカナダのケベック州までは約650キロある。車で行くには非常に長い距離だ。だが、ベンソン刑事にとっては幸せこの上ないドライブになるだろう。重苦しい生活を全部捨てて行くのだ。ジャケットに残した遺書を見れば、彼が自殺したことを疑う者などいないだろう。広い海に身投げした人間を捜しても無駄というものだ。彼に死を宣告した医師に事情聴取しようとしても、それはできない。なぜなら、彼は医者のところへなど行っていないし、医者の名前すら口にしなかったのだから。

「ケベックに着いたら」

と彼は、車を飛ばしながら、声に出して自分に言い聞かせていた。

「ケイトとすぐ結婚しよう。真相を人に知られたら重婚者として罰せられるけど、その心配はない。この世では、おれはすでに死人なんだからな」

行く先で待っているこれからの幸せを思い、ロジャー・ベンソンの顔は自然にほころんでいた。好きな趣味を仕事にしながら、愛する女と一緒に過ごせるのだ。これ以上の人生なんてあるだろうか。

計画は細部まで練りに練ってある。やがてカナダとの国境に着く。自分の身分証明書類は砂浜に捨ててきたが、問題はない。米国市民は、カナダとの国境を越えるにあたって身分証の提出はしなくてよいことになっている。ロジャー・ベンソンは地図を覗いた。あと一カ所有料の橋を渡れば、自由の世界に着く。カナダの地を踏めばもう安心だ。

有料の橋が視界に入ってきた。

〈まるで刑務所から脱走するような気分だ〉

ベンソン刑事は最後の橋を目の前にしてそう思った。

深夜になっていたので、路上を彼と同じ方向に走っている他の車はなかった。ベンソンは橋の入り口にさしかかった。米国の高速道路はほとんど無料である。だから〝フリーウェイ〟と呼ばれるわけだが、大きな川に架かっている橋だけは有料な場合が多い。この橋の料金表示は〝25セント〟とあった。ベンソン刑事はポケットをまさぐり、25セント硬貨を取り出した。手の中にあったのは、ピート・ターケル事件以来大切にしてきた、ピカピカのクオーターだった。

〈これはおれの〝幸運のクオーター〟ではないか。使うのはもったいない〉

一瞬そう思ったが、考え直した。

〈こういうときにこそ幸運のクオーターを使って、これからの自分の人生を幸せなものにしてもらおう〉

ベンソンは〝幸運のクオーター〟を料金箱に投げ入れた。ゲートが上がり、彼の車は橋を渡り始めた。橋の中央を過ぎ、カナダ側に渡ったとき、巨大な明かりが灯り、彼の周辺を煌々と照らした。眩しいほどの明かりの中で見えたのは、何台ものパトカーと群衆の姿だった。

〈なにか大きな事故でもあったのかな?〉

と思いつつ、彼は車を徐行させた。

〈とりあえずこの場は交通整理の指示に従うしかない〉

橋を渡りきる直前に、制服を着た警察官が腕を振って彼の車を止めた。ロジャー・ベンソンは窓を開けて顔を外に出した。

「何ごとだい、お巡りさん？」

「車を降りて出てきてくれますか？」

わけが分からず、変に思ったが、公道上で警察官の指示とあらば従わないわけにはいかない。ベンソンは車から降りた。目の前に大勢の人が並んで立っていた。いっせいにフラッシュがたかれ、彼はいつの間にかカメラマンの大群に囲まれていた。

「これはどういうことだ⁉」

ベンソンは声を張り上げ、ムッとした顔で周囲を見回した。きちんとしたスーツ姿の男性が彼の前にやって来て言った。

「おめでとうございます！　あなたはこの橋を渡る五百万人目の通行人です」

フラッシュはやまず、カメラは彼の歪んだ表情をレンズに収めていた。スーツ姿の男はさらにつづけた。

「記念の賞として、あなたにはヒルトン・ホテルでの二週間の滞在券が与えられます。あなたはもはや有名人のおひとりです。明日の朝刊にはあなたの写真が大きく掲載され、あなたの顔は国中に知られることになります」

第8章
資産家の娘

有料橋から集金されたコインはすべて地元の銀行のしかるべき口座に納められる。銀行はそれらを仕分けしてから預金者の引き出し請求に充てる。ロジャー・ベンソンがその日有料橋の料金箱に投げ入れた25セントコインは、預金を引き出しに来た商店主の手に渡った。

いったん商店のレジに納められたクオーターは、今度は釣り銭として店にやって来た客に渡された。客はそのクオーターをシカゴ行きのバス代の一部として使った。バスと一緒にシカゴに着いた"クオーター"は、やはり銀行を経由してデパートに渡り、デパートでは、数人の店員の手を経てキャッシュ・レジスターに納まった。

会社社長のジェイムス・マジソンは秘書に買い物を命じた。秘書はその買い物のお釣りとしてピカピカのクオーターを受け取った。

「ご依頼のネックレスを買ってきました、社長。これが領収書とお釣りです」

ジェイムス・マジソン社長は「ありがとう」も言わず、ムスッとした顔で領収書とお釣りをポケットに放り込んだ。

ジェイムス・マジソンは世に知れた資産家である。大勢いる従業員には常に百パーセントの奉仕を期待し、彼らに支払っている給料は各自の奉仕に対する充分な報酬であるから、改めて従業員に感謝したり、部下を励ましたりする必要はないと心得ている。六十代になったばかりの、世界中に支社を持つ多国籍企業を率いる頑固一徹、自信過剰の男である。妻に先立たれ、男やもめをつづける彼の生活の中で唯一の癒やしは、二十三歳になるひとり娘のエリザベスだ。彼女は母親似で、美人な上に心の優しい女性である。

エリザベスには常に何人もの求婚者がいた。だが、求婚者が現れるたびに父親がケチをつけて男たちを追っ払っていた。

「あいつはうちの財産を狙ってるだけだ。近づけないほうがいい」

エリザベスはいつも同じ警告を聞かされてきた。

ジェイムス・マジソンが娘の結婚に反対するのは、実は、娘を失って独りぼっちになるのが怖いからだ。それに、自分がこんな可愛らしい娘を持てたのは奇跡だと常々思っているから、何であれ、その奇跡を損なうものは許せないのだ。

エリザベスは父親と一緒に住み、使用人の指図から家の修繕まで家事の一切合切をこなしていた。

この日はたまたまエリザベスの誕生日だった。そこでマジソンは秘書を使いにやり、あれこれ買い集めさせたのだ。香水に、エリザベスが集めているアンティークの小物入れ、ミンクのコート、二重巻きできる長さの真珠の首飾り、彼女が愛読している作家の小説。

「今日は早く退社する」

社長に告げられ、秘書は戸惑い気味に答えた。

「すみません、社長、六時に重役会議が入っていますけど」

「キャンセルだ!」

エリザベスを六時にピックアップすることになっていたマジソンは、プレゼントをたくさん買い込んだから、娘の喜ぶ顔が早く見たくて焦っていた。もっとも、ミンクのコートにも、真珠の首飾りにも、無欲な彼女は喜ばないだろう。

金銭で彼女の心を動かすことはできないことをマジソンはよく知っていた。だから、たいしてお金のかからない小物入れと小説をつけ加えておいたのだ。このふたつは喜ばれそうだ。

「リプトンに車を回すように言っといてくれ！」

リプトンとは社長専用の運転手の名前である。

「リプトンは社長の指示で使いに行ってますけど、戻るのはあと――」

「まあいい。わたしはタクシーで帰ることにする」

そう言って、彼はきれいに包まれたプレゼント用の品々をひとまとめにした。

〈今夜は娘とシャンパンを呑み、それからお洒落なレストランで食事をしよう。そのあとは観劇でもするか〉

それがジェイムス・マジソンの娘の誕生を祝うその夜のアイデアだった。

五分後、彼はステイト通りとウォバッシュ通りの角に立ち、プレゼント用の包みに埋もれながら、手を上げ下げしてタクシーを捉まえようとしていた。

この時間、シカゴのループ地区はいつも大渋滞が起きている。しかも、タクシーのほとんどに客が乗っている。ジェイムス・マジソンは、運転手の不在を呪いながらその場に立ちつづけた。

金の力でわがまま放題に生きてきた彼は、我慢するということを知らなかった。小さいときから欲しいものは何でも手にできた。なのに、いま大切な娘との約束を果たしに行くのに乗り物がないとは！

ふと見ると、半ブロック先でタクシーが道の端に寄って停まり、客を降ろしていた。ちょうどその場にタクシー待ちしている人がふたりいた。マジソンは急いでタクシーに駆け寄り、乗ろうとしていたふたりを押しのけた。

「これは緊急なんだ！」

あっけにとられるふたりを尻目に、ジェイムス・マジソンはタクシーに乗り込むと、ドアをバタンと閉め、住所を書いたメモを運転手に渡した。

「急いでくれ」

「イエス、サー」

ジェイムス・マジソンの宮殿のような自宅は、シカゴ郊外のエバンストンに建っている。

タクシーが家の前に着くと、マジソンは腕いっぱいに荷物を抱えたまま車を降り、料金を払おうとポケットに手を入れた。

料金を払い終えようとしたちょうどそのとき、荷物のひとつが地面に落ちてしまった。かがんでそれを拾おうとしたとき、ポケットから財布が落ち、さらに、財布からはピカピカに光ったクオーターが飛び出した。そんなことに気づかず、彼は娘に早くプレゼントを見せたくて、急いで家の中に入って行った。

五分後、その場を通りかかったひとりの通行人が、歩道に何か光るものが落ちているのに気づいた。不思議に思って近寄ってみると、それは一枚のクオーターだった。

〈今日もツキがないな。一日の締めが25セントかよ〉

リチャード・スティーブンスは浮かぬ顔でクオーター硬貨を拾い上げた。そのとき、横に何か黒くて平べったい物が落ちているのに気づいた。よく見ると財布だった。バスに乗り遅れないように急いでいた彼は、財布を拾い上げただけで中は調べなかった。

〈あとで見よう。どうせ空なんだろうけど〉

バスに揺られながら、リチャード・スティーブンスは最近の自分のツキのなさを頭の中で嘆いていた。実は彼は、シカゴでも有名な広告代理店で働く優秀なコピーライターだった。ところが二カ月前、彼の広告代理店が多国籍企業のイースタン・インベスターズに買収されてしまった。新しくオーナーになったイースタン・インベスターズは、これまでの代理店の従業員をほとんどクビにして、入れ替わりに自分たちの息のかかった人間を連れてきた。リチャード・スティーブンスもクビをきられたスタッフのひとりだった。

当初、リチャードはクビになったことをさして気にしていなかった。なぜなら、彼には才能もやる気もあったし、業界でも高く評価されていたからだ。そんなわけで、次の就職先を見つけるのは簡単だろうと高をくくっていた。ところが、いざ動いてみると、なかなか思うようにいかなかった。世の中は不況風が吹き始めていて、広告代理店はどこも新規採用を中止する状況だった。

リチャード・スティーブンスはこの日も成果が得られなくてがっかりしながら、ひとり住まいのちっぽけなアパートに戻った。ひと息ついたところで、帰る途中の道で拾った黒い財布のことを思い出し、それをポケットから出して開けてみた。びっくりだった。財布の中は紙幣がぎっしり詰まっていた。１００ドル紙幣に、50ドル紙幣に、20ドルと、10ドル紙幣。

〈全部で5，000ドルはあるかも〉

財布の中には名刺も入っていた。”ジェイムス・マジソン　イースタン・インベスター

ズ社　代表取締役〟。リチャード・スティーブンスは信じられないといった面持ちで名刺の文字を見つめた。なんと、ジェイムス・マジソンといえば、彼をクビにした張本人ではないか。

〈いや、張本人というわけではないか〉

リチャード・スティーブンスはなるべくフェアに考えようとした。

〈ぼくをクビにしたのは彼ではなく、彼が経営する会社なんだ〉

リチャードは改めて札束を眺めた。ほおかぶりしてこれを使ってしまえば、これから何カ月間は家賃も食費のことも心配しなくてすむ。ついそう考えたくなる状況だった。しかしリチャード・スティーブンスはネコババするような男ではなかった。

次の日の朝、リチャードはバスに乗り、名刺にあった住所まで行き、十時きっかりに、イースタン・インベスターズ社がワンフロアを専有する真新しいビルの前に立った。それから、受付の案内に従い、長い廊下を歩き、豪華な内装の待合室に辿り着いた。

厳しい顔つきの中年の女性が机の向こうに座っていた。

「どのようなご用件ですか?」

「ぼくはリチャード・スティーブンスと申す者です。マジソンさんにお会いしたいんですが」

「約束は取り付けていますか?」

「いいえ——。でも話を通してもらえば——」

「申し訳ありませんが、マジソンさんは約束のない方とはお会いしません」

「マジソンさんの財布を拾ったんですよ。返したいと思いましてね」

厳しい顔つきの秘書はリチャードを頭のてっぺんからつま先まで眺め回してから言った。

「では、ちょっと待ってくれますか」

秘書は椅子から立ち上がり、マジソンの執務室に入って行った。マジソンは、たまたま訪ねて来ていた娘のエリザベスと話しているところだった。

「お話し中すみません、マジソンさん。社長の財布を拾ったという若い男性の方が見えているんですけど」

「わしの財布を拾っただと⁉ 冗談じゃない。わしは昨日スリにあったんだぞ。警察を呼びなさい!」

父親が疑り深いのを知っているエリザベスは、すぐさま父親を制した。

「やめてよ、お父さま。その人がお父さまの財布をすったってどうして言えるの? もしすった犯人なら——」

「わしは財布をなくすほどドジではない。そいつは泥棒に決まっている」

　五分後、リチャード・スティーブンスが秘書の机の横で待っていると、カジュアルな服装の男が現れ、彼の前に立った。

「マジソン氏の財布を持ってるというのはきみか？」

「ええ、そうですけど。ぼくは——」

　男はポケットから出した警察バッジを見せながら言った。

「きみを逮捕する」

　リチャードは自分の耳を疑った。

「ぼくを、な、なんだって？」

「逮捕すると言ったんだ。大人しくついてこい」

「あんた頭がおかしいんじゃないのか！　どうなってんだ、この会社は！　すべてが狂ってる！」

　抵抗する青年を警察官が押さえ付けているところに、エリザベスが部屋から出てきてその様子を目撃した。

〈あの人がスリだなんて、どう見てもそうは思えない〉

　エリザベスは慌てて父親の執務室に戻った。

「もしあの人がスリだったら、どうして財布を返しにくるの？　変じゃない？」

「昔からよくある手口さ。わしからご褒美をふんだくれると計算して来たんだろう。図々しいヤツだ」

エリザベスは納得しなかった。すられたというのは父親の思い込みで、青年は濡れ衣を着せられているのだと確信できた。が、一度言い出したらあとに引かないのが父親だと知っているから、彼女はすぐさま決断した。

〈わたしがひと肌脱いで何とかしなくちゃ〉


その日の午後、エリザベスは警察署に行き、拘束されているリチャード・スティーブンスとの面会を申し込んだ。

エリザベスが地下室に降りてみると、リチャード・スティーブンスは怒れる獣のように檻の中で行ったり来たりしていた。

「ぼくは無実だ！　こんな不当な扱いを受ける覚えはない！　ジェイムス・マジソンというやつは狂ってる！　あいつをやっつけるためなら死んでもいい！」

「あのう、スティーブンスさん――」

リチャード・スティーブンスは振り返ってエリザベスを見た。

「きみは誰だい？」

エリザベスは自分が誰かを名乗りかけたが、考え直してやめた。青年がこんな状態のときに彼女が誰かを知ったら、上手くいくものもいかなくなる。

「わたしの名前は――バターフィールド。エリザベス・バターフィールドです」

「何の用事だ！」

吠えるスティーブンスを前にしてエリザベスは頭を急回転させた。

「わたしは国選弁護士事務所から参りました。事情は伺いました。とりあえずはわたしのほうで保釈金を用意しましたから、ここから出てもらいます」

「了解。だったらジェイムス・マジソンを逮捕してもらいたい。それよりも、あいつを油で揚げてしまいたい。ぼくはあいつを――」

「スティーブンスさん、どうか落ち着いてください」

「落ち着けるわけないだろう！　あいつを訴えてやる！　こんなことをされて黙っていられるか！　あいつを滅ぼしてやる！　あいつの家族もめちゃめちゃにしてやる！」

「お話はランチでも食べながらゆっくり聞かせてください」

彼女は警察に保釈金を納め、リチャード・スティーブンスを伴って馴染みの日本料理店へ向かった。

途中エリザベスはリチャードを何度も盗み見した。彼はいままで出会った男性の中で一番ハンサムだった。

レストランに着くまでにだいぶ落ち着きを取り戻していたリチャードは、日本料理をつつきながらいきさつを語り始めた。

「札束を見たときはびっくりした。正直言うと、ネコババしようと思えばできたんだ。でも、ぼくは泥棒じゃないからね」

「ええ。そんなことは分かっています」

「きみに怒鳴ったりしてすまなかった。でも、ぼくは本当にあの男が憎いんだ」

「その気持ち分かります。あんな扱いを受けたんですものね」

「ぼくひとりの問題じゃないんだ。あいつのおかげで大勢の人が職を失って路頭をさまよっているんだ」

「それはなんの話ですか?」

「ぼくが働いていた広告代理店のことですよ。デーバー&クーパー社は、マジソンが経営するイースタン・インベスターズ社に買収されたんだけど、あいつはぼくたち従業員を保護するどころか、全員をお払い箱にして、自分の息のかかった人間を後釜に据えやがったんだ。以来ぼくも就職できず、ご覧のとおりの有りさまさ」

彼は事実を淡々と語るだけで、その口調に同情を買おうとするような響きはなかった。しかも、話の筋は通っていた。エリザベスはまずそこに惹かれた。それに、彼は正直そうで、甲斐性がありそうで、男らしかった。エリザベスとしては自分でできることは何でもして彼を助けてやりたかった。彼がこんな目にあっているのも結局は父親の責任なのだから。

ふたりは昼食がすんだのも忘れて何時間も話し込んだ。そして、話せば話すほどエリザベスは彼のことが好きになった。リチャードのほうも同じだった。自分がこれまでに出会った女性の中でこの人が一番きれいだ、と思いながら話をつづけた。

「ほかにきみはどんな事件を担当してるんだい？」

「事件ですって？」

「国選弁護士事務所で働いてるんでしょ？」

エリザベスはついうっかり自分がついた嘘のことを忘れていた。

「ああ、そのことね。話してもしょうがないようなつまらない案件ばかりよ」

「今夜暇だったら一緒に夕食をどう？」

「ええ、喜んで」

「よし、そうしよう。きみはどこに住んでるの？　七時にきみの家の前でピックアップするけど」

「ええと、わたしは――」

住んでいる場所を正直に言ったら、すべてはご破算になってしまう。

「どこか別のところで会いません？」

「ああ、いいけど」


ふたりは夕食後、ブロードウェーへ行き、評判の劇を観た。エリザベスが期待していたとおり、彼は一緒にいてとても楽しい男性だった。

「きみの家まで送ろう」

彼にそんなことをされたら二度と会えなくなる。エリザベスは慌てて答えた。

「いいのよ、わたしひとりで帰れるから」

「遠慮しなくていいんだよ。ぼくは暇だから――」

「いや、そういうわけじゃないの。でも本当にいいのよ、送ってくれなくて」

彼の顔に解せないと言いたげな表情が浮かんだ。

「まあ、そう言うなら無理にとは言わないけど。ところで、明日は時間ある？　よかったらランチを一緒にどう？」

「ええ、いいわ」

〈あなたが誘ってくれる限り時間はいくらでも作れるわ〉


その夜、エリザベスが帰宅すると、父親が彼女の帰りを待ち構えていた。

「今日はどこに行っていたのかな？」

「ある人と食事に。楽しかったわ」

「誰と食事したんだい？」

「デーバー＆クーパー社のコピーライターの人よ」

父親は目を丸くして娘を見つめた。

「どこの会社の誰だって？」

「正確に言うなら、デーバー＆クーパー社でコピーライターをしていた人、と言うべきね。でも、これからすぐ復職させてくれるわよね」

「なんの話をしてるんだ」

エリザベスは状況を一から説明した。

「――彼はお父さまの財布を盗んだりしてないわ。拾って届けようとしただけよ。それをお父さまったら、牢にぶち込むなんて。ひどすぎるわ。あの人には償ってやらなければね」

「エリザベス――」

「問答無用よ」

一度言い出したら聞かない頑固な点でエリザベスは父親に負けていなかった。

「ただし、復職させたのはお父さまだということを絶対にバレないようにやってちょうだい」

誰の言うことも聞かない頑固者だが、娘の言うことだけは聞いてしまうのがジェイムス・マジソンという親バカだった。

そんなわけで、次の日リチャード・スティーブンスは、デーバー&クーパー社から職場に復帰しないかという誘いを受けた。

「もちろん喜んで」

リチャードは誘いを快諾してから、その日約束していたランチを予定どおりエリザベスと一緒に食べた。その席でさっそくグッドニュースを彼女に報告した。

「きみはぼくにとって幸運の女神だね」

「よかったわ」

その日以来、ふたりの夜はいつも一緒だった。エリザベスは彼に対する気持ちに偽りがないことを自覚していたし、リチャードのほうも彼女を想う自分の気持ちに疑問はなかった。

しかしエリザベスには未解決の大問題があった。出会いの最初に嘘をついてしまったことだ。もし彼が真実を知ったら、エリザベスにからかわれたような気分になるだろう。

ふたりのデートはいつも新鮮だった。夕食に、観劇に、公園の散歩。エリザベスはどこに誘われても、彼と一緒にいられるだけで楽しかった。

ある夜、リチャードは浮かない顔で彼女の前に現れた。エリザベスは心配になった。

「どうしたの？　なにか困ったこと？」

リチャード・スティーブンスは肩を落としてため息をついた。

「来週、制作部の新しい部長が決まるんだけど、候補に挙がっているのはふたり、ぼくとグラフィックデザイナーのエンコット。でも聞こえてきた噂によると、エンコットはジェイムス・マジソンと親しいらしい。ということは、結局のところ、部長になるのはエンコットだろう。いままで期待していた分、余計がっかりだよ」

「あきらめちゃだめよ」

エリザベスの励ましは伊達ではなかった。その夜、家に帰るとすぐ、父親を捕まえて迫った。

「リチャード・スティーブンスを昇進させてちょうだい。給料も上げてやってね」

ジェイムス・マジソンは娘の決意に満ちた目を見て言い返すのはやめにした。

「分かった」


「結婚してくれないか、エリザベス」

ノースサイドのこぢんまりしたレストラン《シェ・ヌ》で夕食をとっていたふたり。リチャードにプロポーズされてエリザベスの心は躍った。

「ええ、いいわよ、ダーリン」

ちょうどそのとき、高価そうな服を着たカップルがふたりのテーブルの前を通りすぎて行った。女性のほうがエリザベスに気づいて声をかけてきた。

「あら、エリザベスじゃないの。ずいぶん久しぶりね」

その女性は同伴の男性を振り返って言った。

「知ってるでしょ、あなた、エリザベスよ。ジェイムス・マジソン氏のお嬢さん」

リチャードは両目を大きく見開き、エリザベスを見つめながら首を横に振った。エリザベスは慌てて女性を黙らせようとしたが、もう手遅れだった。完全にぶち壊しだった。リチャードは黙って立ち上がった。青ざめた顔は怒りで歪んでいた。

「お先に失礼する、ミス・マジソン。これから荷造りしなくちゃならないからね！」

そうまくし立てると、リチャードは店からすたすたと出て行ってしまった。


リチャード・スティーブンスは自分の衣類をスーツケースに放り込んだ。胸の内は屈辱感と怒りでどうにも収まらなかった。女に騙される男は大勢いるが、こんな騙され方をする男はよっぽどの間抜けだろう。

〈ぼくはなんて間抜けなんだ。しかも、騙した相手にプロポーズするなんて！〉

彼は最後に残った靴下をスーツケースに投げ込むと、パチンと鍵を掛けた。そのとき誰かがドアをノックした。行って開けてみると、制服を着た警察官がそこに立っていた。

「きみがリチャード・スティーブンスか？」

リチャードは不思議に思いながら返事をした。

「ええ、そうですけど」

「きみを逮捕する」

「なんですって？」

「逮捕状が出ている」

「何に対する逮捕状なんだ？　いったい何の話なんだ」

「訴えがあってね。エリザベス・マジソンと名乗る女性が、きみに財布を盗まれたから調べてくれと言ってるんだ」


リチャード・スティーブンスは再び牢の中にいた。

「これは悪夢だ。こんなことをされるいわれはない。マジソン一家に関わったら、ぼくは一生刑務所で過ごさなければならなくなる。ぼくがいったい何をしたっていうんだ」

廊下の向こうから足音が聞こえてきた。警察官に伴われて現れたのは、なんとエリザベス本人だった。エリザベスは警察官を振り向いて言った。

「この人です、お巡りさん。それから、ふたりだけで話したいので、わたしを檻の中に入れてくれますか」

それを聞いてリチャード・スティーブンスは大声を張り上げた。

「彼女をここに入れないでくれ！　その女をぼくに近づけないでくれ！」

警察官はリチャードの訴えを無視して拘置所のドアを開け、エリザベスを中に入れた。

リチャードが再び声を張り上げた。

「これ以上ぼくに何をしようっていうんだ！　ぼくを吊るし首にでもしたいのか？」

「あなたがニューヨークの街から出て行くのを止めたかったのよ。どんな方法をとってもそうしたかったの」

「なぜなんだ?」

エリザベスは二、三歩歩んで彼の前に立った。

「あなたを愛しているからよ」

「きみは最初からぼくに嘘をついていたじゃないか」

「ごめんなさい。そのことは謝るわ、ダーリン。わたしとしては、ただあなたを助けたい一心でしたことなの。お願い。許して。そして、元の場所に戻りましょう」

「元の場所って、どこのことを言ってるんだい?」

「わたしに"結婚してくれないか"って聞いたじゃない、そしたらわたしは"いいわよ"って答えたはずよ」

エリザベスは両腕を彼の首に回し、甘えた声で訴えた。

「その先がどうなるのか、まだ聞いていないわ」

エリザベスのひと言が魔法の力を発揮した。他人には理解不能なのが好き同士の男女の仲。リチャードの怒りはたちまち消え、彼の両腕はいつの間にかエリザベスの腰に回っていた。

そのとき、急ぎ足でやって来た弁護士が、独房の中に入って来てふたりのそばに立った。

「スティーブンスさん、あなたはもう自由の身ですよ。いま保釈金を払い終えましたから」

リチャード・スティーブンスは手を振って、弁護士を追い払う仕草をした。

「邪魔しないでくれ！　見れば分かるだろ。ぼくたちはいま忙しいんだ」

リチャードはエリザベスをしっかりと抱きしめ、大きな声で笑いだした。

「何がそんなにおかしいの？」

上目づかいで尋ねるエリザベスに、リチャードはにこやかな表情で語りだした。

「いやあ、不思議だ。ぼくたちの事の始まりは何だか知ってるかい？　道の端で光っていた一枚のクオーターだよ……」

第9章 ゴンザレスの野望

フェルナンド・ゴンザレスは夢見る男である。何の夢を見るかって？　大金持ちになる夢だ。だが、ひとつ問題なのは、すでに五十代になっているゴンザレスは会計係として働く一介のサラリーマンに過ぎず、給料は安く、これから急に昇給する見込みなどないことだ。

彼が勤めている会社はイースタン・インベスターズ社、つまり、雇用主はジェイムス・

マジソンということになる。

ゴンザレスはマジソンを憎んでいる。十年間勤続してきたのに、その間、昇給はたった二回しかなかった。

前回マジソンに面会したとき、ゴンザレスは思い切ってこう訴えた。

「お時間をとらせて大変申し訳ありません、社長。前回昇給してもらってからもう何年も経ちます。そろそろ昇給していただけないでしょうか？　わたしも会計係として会社の発展に尽くしていると思うんですが」

マジソンは、背もたれが頭の上まで来る革のアームチェアにふんぞり返り、ゴンザレスを眺め回した。

「何を根拠にそう思うんだね？」

「それはですね、社長、他の会社でも会計係の給与水準は――」

「きみは他の会社で働いているわけじゃないだろ。きみが勤めているのはこの会社、つまりイースタン・インベスターズ社なんだぞ。いまいくつになった？」

「五十六歳です。社長」

「定年まであと四年しかないじゃないか。もし、いまこの会社をクビになったら、誰がおまえさんを雇うかね？」

ゴンザレスは目を大きく見開いた。恐怖で背筋がゾクッとした。

「わたしがクビになるですって?」

「そのとおり、後釜はいくらでもいるんだ。かけがえのない従業員などわが社にはいない。もし給料に不満があるなら、さっさと辞めたらいい」

フェルナンド・ゴンザレスは体がガタガタと震えていた。

「わたしは給料が不満だなんて言っていません、社長」

「なら、グチャグチャ言うのはよせ。昇給の話など聞きたくもない。分かったか」

「はい。分かりました」

「だったら、すぐ仕事に戻りなさい。きみが受け取っている給料は、ここで無駄口をたたくためじゃないんだ」

「はい。分かってます」

交渉終了。フェルナンド・ゴンザレスは慌てて社長室を出た。そのときの社長との会話をあとで思い返してみると、ゴンザレスは悔しさと屈辱感で居ても立ってもいられなくなる。昇給してもらう資格があると思い、勇んで社長室に入ったのに、出て来るときはクビの恐怖におびえる小心者になり下がっていた。

しかし、よく考えてみれば、ジェイムス・マジソンの言うとおりかもしれない。年老いたゴンザレスを雇う者などニューヨーク中探してもいないだろう。彼のサラリーマン生命はほとんど終わったのだ。定年退職後に使えるような特技や資格があるかといえば、そんなものはない。蓄えもほんのわずかである。持ち家もない。小さなアパートに住んでいる彼のたったひとつの持ち物といえば、買ってから十年も経つポンコツ車一台だ。

あれやこれや考え合わせて、ゴンザレスには、ジェイムス・マジソンを憎む理由が充分にあった。

勤め始めたころ、フェルナンド・ゴンザレスは思っていた。ジェイムス・マジソンが意地悪なのは、人種的偏見から、つまり自分がメキシコ人だからだろう、と。しかし、ほどなくして分かったのは、マジソンは誰に対しても意地悪だということだった。それが分かったからといって、ゴンザレスの気分が晴れるわけではなかった。彼は誇り高い部族の出身だから、マジソンの不当な扱いにそれだけ深く傷ついていた。

会社の現金はすべてフェルナンド・ゴンザレスの手を経て流れることになっている。毎日何百万ドルもの現金を扱っているが、そのたびに彼はいくらかくすねても分からないだろうとの誘惑にかられる。

誘惑は日に日に強くなり、ついにこらえ切れなくなる日がやって来た。

〈わたしに失うものなどない〉

決心に至る前にゴンザレスはいろいろ考えた。

〈わたしのサラリーマン生活は事実上終わっている。六十歳になったら自動的にクビを切られるわけだし、その際にまとまった退職金をもらえるわけじゃない〉

ゴンザレスは社長室の金庫を解錠するための組み合わせ番号を知っている。金庫の中には途方もない額が納まっている。金曜日の午後に国中の支店から現金が集まってくる。その現金は翌週の月曜日の朝に銀行に入金されるまで社長室の金庫の中に保管される。

〈盗む時間は充分にある〉

ゴンザレスは策を巡らせた。

〈問題は、盗んだ多額の現金をどこへ隠しておくかだ〉

あれこれ考えた末に彼が出した結論は〈生まれ故郷のメキシコまで持って行ってそこに隠そう〉だった。彼の両親はメキシコの砂漠の奥に存在する小さな町、オハカに住んでいる。

〈あそこなら誰にも見つかるまい。人里を遠く離れているから、よそ者がやって来ることはほとんどない。現金を故郷に持って行けば、わたしは町一番の金持ちとして暮らすことになる。父さんや母さんにも現金をわけてやろう。そして、自分自身には褒美として若い花嫁を買うんだ〉

オハカの王さまと言っても間違いではないような人生になるだろう。

ゴンザレスは考えれば考えるほど自分のアイデアにはまっていった。十五歳のときに故郷をあとにした彼だが、オハカに戻るのはそのとき以来だ。これまで両親には毎月スズメの涙ほどの額を送金してきたが、これからはどデカいのを与えて喜ばせてやれる。故郷のみんなには、彼がどれほどの成功者なのか、目にものを見せてやれる。

フェルナンド・ゴンザレスは今度の週末に現金を盗むことに決めた。その前に計画をさらに細かく検討した。

月曜日に出社したとき、ゴンザレスは思った。

〈あのドケチな社長のために働くのも今週が最後だ〉

少し前から車の調子がおかしかったので、修理工場で見てもらった。工場長の見立てによると、トランスミッションを新しいものと換えたほうがいいとのことだった。

「だいぶガタがきてるから、もうじき完全にイカレますよ」

「新品と交換するのにいくらかかるんだい？」

「5，000ドルはかかるでしょう」

ゴンザレスはショックを受けた。

「そんな金はいま出せないな」

工場長は肩をすぼめた。

「どっちにするかはお客さんの自由ですよ」

「いまのままでも車は走るんだろ？」

「ああ、そりゃあ、走ることは走りますよ。でも保証はできません。このままでも一年か二年は持つかもしれないし、明日ダメになるかもしれません。まあ、このまま走らせるのはギャンブルですね」

ゴンザレスに選択肢はなかった。

〈いいや、メキシコに着いたら新車を買おう。ピカピカのキャデラックでも。そしたら、友達をみんな乗せて町中を走り回るんだ〉

そう考えるとゴンザレスは胸が温まり、幸せな気分に浸れた。

〈ほんのあと数日待てばいいんだ〉

ゴンザレスは待ち遠しくてうずうずしていた。そんなわけで、月曜日の過ぎるのがなんと遅かったこと。火曜日もなかなか終わらなかった。そのあとの曜日はさらに長く感じられた。

だが、待ちに待った金曜日はついに来た。イースタン・インベスターズ社での勤めは地獄で働いているようなものだったが、もうじきその代償を手にできる。これから一生、億万長者として生きていけるのだから。

土曜日の朝フェルナンド・ゴンザレスは歩いて鞄店へ行き、安売りしていた中古の特大スーツケースを買い入れた。スーツケースはすでにもうひとつ買ってあったが、それは衣類用に使うことにして、今日買ったスーツケースはもっと大切なものを入れるためのものと決めていた。

土曜日の午後は、これから始まる冒険に備えてまるまる休みをとった。

ゴンザレスはこれからすることを犯罪だとは思っていなかった。

〈泥棒するわけじゃない〉

ゴンザレスは自分に言い聞かせた。

〈これまでの給料の不足分をいただくだけさ。会社に貸している分を返してもらわなきゃ〉

会社に貸してある分を取り戻すだけではない。意地悪な社長から長年不当な扱いを受けてきた分の代償である。

〈明日はビッグデーになるぞ〉

その日の夕刻、ゴンザレスは車をガソリンスタンドまで走らせ、燃料タンクを満タンにした。車の調子はむしろよかった。

〈トランスミッションの交換なんてやっぱり必要ないんだ〉

ゴンザレスはたかをくくった。

〈あの工場長、ひと儲けしたくてあんなこと言ったんだろう〉

日曜日の朝早く、ゴンザレスは古いスーツケースを開け、そこに衣類を詰め込むと、新しいスーツケースと一緒に車のトランクに積んだ。それからエンジンをかけ、会社の本部があるマジソン・ビルディングへ向かった。

ビルに着くと、トランクから空のスーツケースを取り出し、表玄関のドアまで運んだ。ドアには錠が掛かっていたが、それは計算済みである。

ドアを強くノックすると、内側に制服の警備員が現れた。警備員は、ノックしたのが誰だか分かると、錠を外し、ドアを開けてくれた。

「おはようございます、ミスター・ゴンザレス。日曜日なのにお仕事ですか?」

ゴンザレスは警備員に微笑みかけて言った。

「休暇で山に行くんだけど、その前に報告書をひとつまとめておかなきゃいけないのを思い出してね」

ゴンザレスは手を置いているスーツケースに目を落として、さらに言った。

「わたしの衣類なんだけど、車に置いといて盗まれたら困るから、一応部屋に運んでおこうと思って」

警備員はうなずいた。

「最近は物騒ですからね。街の犯罪率は高くなる一方でどうしようもありませんよ。ではここにサインして、上へあがってください」

ゴンザレスは入館者名簿にサインすると、空のスーツケースを引きずってエレベーターに乗り込んだ。ジェイムス・マジソンの執務室があるのは最上階だ。いつもと同じ行動だから、手も足も自然に動いた。最上階で降り、持っているキーで社長室のドアを開け、部屋の隅にある巨大な金庫に向かって真っ直ぐ歩いた。それから、金庫の前にひざまずき、ゆっくりノブを回した。

「左に32、右に4、左に7、右に19」

ハンドルを下におろすと金庫は開いた。金庫の中には紙幣と債券類がぎっしり詰まっていた。債券は銀行へ持って行けばその場で現金化できる代物だ。ゴンザレスは富の山に圧倒され、しばらくのあいだ金庫の中をボーッと見つめていた。

「みんなわたしのものだ！」

彼の声は畏怖のあまり、うめきになっていた。

「みんなわたしのものだ！」

彼は両手を使って金庫から札束を取り出し、それをスーツケースの中にきれいに並べていった。

スーツケースが満杯になるまで十五分もかかった。蓋を閉め、カギをかけ、持ち上げようとしたが、スーツケースは重くて持ち上げられなかった。もう一度ありったけの力を込め、気合いを入れて持ち上げてみると、なんとか床に下ろすことができた。

世の中の誰にとっても夢のような大金だ。これで王様のような生活ができる。いや、王様十人分の生活だ！　月曜日の朝が楽しみだ。マジソンが金庫を開けて中が空っぽなのを知ったら腰を抜かすだろう。その光景を思い浮かべて、ゴンザレスは特別な喜びに浸れた。もしかしたら、マジソンのやつ、心臓発作を起こすかもしれない。そうなったら、ゴンザレスの喜びはさらに倍加する。

マジソンは即刻、警察に通報するだろう。当然だ。だが捜索しようにも警察には手掛かりがない。会社に残っている履歴書の出身地の欄にはメキシコシティと記入されている。というのは、ゴンザレスが入社試験を受けたとき、出身地を、誰も知らないオハカと言うよりも、大都会のメキシコシティと言ったほうが受けが良さそうなのでそうしただけだった。それがここにきて効くことになった。警察の捜査がオハカに及ぶ理由はない。どう考えてもそのとおりだ。いま彼がなすべきは、現金をめいっぱい詰め込んだスーツケースを持ってこのビルから出ることだ。あとは故郷に向かえば完全な自由を手にできる。

社長室を出しなに、ゴンザレスは気まぐれを起こしてマジソンの机の引き出しを開けてみた。貴重品は何もなかったが、一番上の引き出しにピカピカ光るものがあった。取り上げてみると真新しい25セント硬貨だった。

〈これが〝幸運のクオーター〟か〉

〝幸運のクオーター〟と呼ばれる由縁をゴンザレスは誰かから聞いて知っていた。確かこのクオーターのお陰でマジソンの娘は理想の男性と結ばれたとのことだった。ふたりの結婚式の折、義理の息子になるリチャード・スティーブンスから幸運の印としてマジソンに贈られたものだと聞いている。

〈もしこれが本当に幸運のクオーターなら〉

ゴンザレスは直感した。

〈わたしにも幸運をもたらしてくれるはずだ〉

ゴンザレスは手に持った硬貨をポケットにしまった。それから、重いスーツケースを引きずり、エレベーターに乗り込むと、一階のボタンを押した。一分もしないうちに彼は一階に立っていた。

「もう終わったんですか、ゴンザレスさん？」

「うん、終わった」

「だったら、これからバケーションを存分に楽しめますね」

「そのとおり」

「どっち方面へ向かうんですか？」

「北だね、釣りをやろうと思って」

「大いに楽しんできてください」

警備員は再びゴンザレスのために玄関のドアを開けてくれた。彼の車はすぐ目の前に停めてあった。ゴンザレスはドアをくぐり、そこまでスーツケースを引っ張って行った。

「手を貸しましょうか？」

「いや、大丈夫。わたしひとりでできるから」

警備員が見守る中、ゴンザレスは重いスーツケースを軽そうに持ち上げ、なんとか車のトランクに積み込むことができた。

「行ってらっしゃい」

「行ってきます」

〈やったぞ！〉

ゴンザレスは心の中で叫んだ。それからハンドルを回し、北ではなく、南へ向かった。

これからが本当の家路だ。


国境の町エルパソに着くまで車を飛ばしてもまる四日かかった。メキシコに入国するのに何の問題もなかった。車でメキシコに入国する際、メキシコ人はフリーパスなのだ。その反対の場合、つまり、メキシコ人がアメリカに入国する際は入国の理由をいろいろ詳しく聞かれるのだが。

ゴンザレスは高速道路を避け、走りづらかったが未舗装の一般道路を走った。もしかしてジェイムス・マジソンがメキシコ警察に通報した場合の、万が一の予防策だった。

走れば走った分だけゴンザレスは郷里に近付いていた。

〈あと数時間走ったら郷里に着く〉

ゴンザレスは家族や友人の前で札束を空中に投げて見せようと思った。そのときのみんなの驚く顔が想像できた。

〝どこでこんな大金を稼いだんだい？〟

きっとそう聞かれるだろう。そのときはこう答えようと決めていた。

〝投資で当てたんだよ〟

近くにいる若い娘さんが尊敬の眼差しでわたしを見上げてこう言うに違いない。

〝あなたってなんて頭がいいんでしょう、フェルナンド・ゴンザレス〟

〈娘さんの言うとおりだ。わたしは頭がいい〉

見渡す限り砂漠だった。砂の丘に砂の谷。それ以外は何もなかった。ゴンザレスは地図を広げて見た。現在地とオハカのあいだには町も村もなかった。次に出くわす町が自分の郷里だと思うと、ゴンザレスは心がはやった。眠かったが、夜通し走りつづけた。

砂漠の地平線から太陽が顔を出し、地上の全てをバラ色に染めた。砂漠を走る道路は荒れに荒れていた。しかも、進むに従って陥没は大きくなり、わだちは深くなって、もはや道路とは呼べないような惨状を呈してきた。車はのろのろ運転を余儀なくされ、ついには、時速15キロ以下でしか走れなくなった。

突然、下のほうから大きな音がしたかと思うと、車はガクンと止まってしまった。ゴンザレスは慌ててスターターを押したが、車はウンともスンとも言わなかった。

何がどうなっているんだ、と考えるまでもなく、ゴンザレスには心当たりがあった。あの工場長は嘘なんかついてなかったのだ。ついにトランスミッションがイカれたのだ！

無限ともいえるような広大な砂漠の真ん中でゴンザレスは助けを求めて周囲を見回した。視界の中には砂のうねり以外は何もなかった。家もなければ、木も、藪もなかった。しかも日差しはどんどん強くなり、まだ朝だというのに、暑さでムンムンとするような気温になっていた。

車から出たゴンザレスは途方に暮れて地面にへタり込んだ。

「どうすりゃいいんだ。こうなったら故郷まで歩いて帰るしかないじゃないか」

ゴンザレスはトランクから重いスーツケースを降ろし、それを引っ張って郷里のオハカの方向に歩きだした。

広い砂漠の中で動くのは彼の姿だけだった。ゴンザレスは足を砂に取られながらよろよろと歩きつづけた。そんなときでもその手は重いスーツケースをしっかり握っていた。

三十分も歩くと衣服は汗でぐしょ濡れになった。ゴンザレスはジャケットを脱ぎ捨て、ネクタイも外すと、それを投げ捨てて歩きつづけた。日差しは耐えられないほど強くなっていた。天空の赤球はゴンザレスの体を焼き尽くさんばかりに燃えさかっていた。スーツケースの重みは１トンにも感じられた。凹凸の激しい地面の上を引きずるのもやっとだった。ゴンザレスはどんなによろめいても、つんのめっても、スーツケースだけは離さなかった。

〈オハカにはなんとか辿り着けるだろう〉

　ゴンザレスは自分に言いつづけた。

〈なにがなんでも辿り着くんだ！〉

　重いスーツケースを引きずっての歩行はすでに生きるか死ぬかの段階に来ていた。体は高熱を発しているかのように熱かった。太陽光が明るすぎ、砂の照り返しも激しくて、目も開けられなくなっていた。それでもゴンザレスは歩みを止めなかった。一時間、また一時間と。しかし、ついに喉がカラカラになり、もうダメだと思う瞬間がやって来た。声を出そうとしたが、口の中が渇ききっていて声にならなかった。

〈こんな砂漠の真ん中で死ぬなんて御免だ〉

　ゴンザレスは朦朧とする頭の中で考えた。

〈せっかく大金持ちになったんだから〉

　郷里に着けば冷たい清水も飲める。ゴンザレスはわが家に辿り着くことを夢見ながら歩きつづけた。これまで砂漠で野垂れ死にした人は大勢いる。ゴンザレスははっきり自覚できた。もしこのまま水が飲めなかったら、自分も野垂れ死にした人たちの仲間に入るだろうと。そうしたら、スーツケースに溢れるほど入っている現金は砂漠の中でゴミとして朽ち果ててしまう。

と、そのとき、ふと顔を上げたゴンザレスの目に建物らしきものが留まった。はるか彼方だったが、家の形をしたものが熱波の中で揺れていた。

〈あんなものにだまされないぞ〉

ゴンザレスは自分に言い聞かせた。

〈あれは熱波が作る幻。本当はないのにあるかのように見えるもの。あれが蜃気楼というものだ〉

そう思いつつも、ゴンザレスはスーツケースを引っ張りながら、蜃気楼が見えた方向に向かって歩きつづけた。蜃気楼は近づけば近づくほど本当にそこにあるように見えた。そして、300メートルほどまで近づいたとき、それがガソリンスタンドだということが分かった。

〈蜃気楼じゃないんだ〉

ゴンザレスは跳び上がりたいほど嬉しかった。

〈本物の建物だ〉

歩けなくなって地面の上にひざまずいてしまったゴンザレス。水分がなくなった体は熱病にかかったかのように熱かった。

ゴンザレスは四つん這いになり、ガソリンスタンドに向かって動き出した。砂は火傷するほど熱かった。《ガソリンとオイル》の看板がはっきり見えた。建物の前にはガソリンポンプもある。

「助けてくれ!」

建物に向かって叫んだゴンザレス。叫んだはずだが、声は出なかった。

残された命と力を振り絞ってゴンザレスは這いつづけた。そして、なんとかガソリンスタンドに着くことができた。玄関の前に看板がぶら下がっていた。ゴンザレスは目をぱちくりさせてその文字を読んだ。

"閉店"

ゴンザレスは右を見てから左を見た。右側には小屋があり、左側にはなにかの自動販売機があった。彼はさらに目をぱちくりさせて自動販売機をよく見た。なんと、冷たい飲み物の販売機だった。ゴンザレスは自分の幸運が信じられなかった。

這って自動販売機の前にたどり着くと、ゴンザレスは、販売機に手をかけて半身を起こした。ガラス窓の向こうには冷たいソフトドリンクのボトルが並んでいるではないか。彼は助かったのだ! 自動販売機の表示には"どれも25セント"とあった。

ゴンザレスはジェイムス・マジソンの机から盗った"幸運のクオーター"のことを反射的に思い出した。あれがまだあるはずだ。彼は手を伸ばしてズボンのポケットをまさぐった。あった！　これでひと息つける。オハカまではあと15キロだ。冷たいものを飲んで英気を養えば、残りを歩き切るだけの元気は取り戻せるだろう。

　ゴンザレスは弱っていたので自力では立ち上がれなかった。しかたなく販売機の凹凸に手をかけてよろよろと立ち上がった。そして、投入口にクオーターを入れようとしたとき、指が滑ってクオーターが落ち、地面の上をころころと転がっていった。ゴンザレスは自動販売機に抱きついたまま、信じられない思いで硬貨が落ちた辺りの地面を見つめた。しかし、硬貨は見当たらなかったので、販売機を拳で叩いてみた。だが、彼の弱った力では何事も起きなかった。ゴンザレスは再び四つん這いになり、地面のどこかに転がったクオーターを探した。あっちを探しこっちを探したが見つからなかった。

　万策つきたゴンザレスは四つん這いになったまま、狂ったように砂の地面を掘り返し始めた。だが、クオーターはどこに消えたのか、見つからなかった。

〈神さま、助けてください！〉

　ゴンザレスは祈った。

〈スーツケースに有り余るほどの現金があるのに、あのクオーターひとつが見つからなければ、わたしはここで死んでしまう〉

　ゴンザレスは辺りの砂をかき回しつづけた。が、やがてその力も尽きるときがやって来た。彼は火傷するのもかまわずに両手を焼けた砂の上に置いて止めた。
〈疲れたから、ちょっとのあいだ休もう〉
そう考えたところで彼の記憶はなくなった。

第10章
最後のチャンス

次の日の朝早く、ロバに乗ったメキシコ人農夫が、ガソリンスタンドの前を通りかかった。農夫の名はペドロ。オハカに向かっていたペドロは、ガソリンスタンドの前に人が倒れているのに気づいてロバから降り、どうしたのかとその周りを詳しく調べた。

「おまえさん、もう死んでるじゃないか！　車にもロバにも乗らず、飲み物も持たずに砂漠の中をよくこんなに遠くまでやって来られたね？　おまえさん、もしかしたら頭のおかしい人なのかい？」

死体をどう扱えばいいのやら、ペドロは困り果てた。もし警察に通報したら、おまえが殺したんだろう、と容疑者にされてしまうかも。

「ごめん」

ペドロは死体に語りかけた。

「おれ、巻き込まれるのは嫌だからね。ガソリンスタンドがオープンしたら、連中がおまえさんに気づいて警察に連絡してくれるよ。運が悪かったね、アミーゴ」

ペドロはロバに乗りかかった。と、そのとき、死体の五、六メートル先にスーツケースらしきものが転がっているのが目に留まった。

「こんな砂漠の奥までどうしてスーツケースを運んでくるんだい？」

ペドロは大きな声で疑問を口にした。

「水を運んでくるなら分かる。食べ物も分かる。けど、スーツケースは分からねえ」

ペドロは乗りかかったロバから離れてスーツケースのところに歩いて行った。見たところ、安っぽくて普通のスーツケースにしか見えなかった。

「中はおまえさんの汗臭い服が詰まってるんだろうな」

とは言え、貴重品が入っていないと誰が言える？

ペドロはかがんでスーツケースのジッパーを引き、蓋を開けた。それからまる五分間、スーツケースの中身を凝視して微動だにしなかった。これほどの大金を目にできる人間はメキシコ中に何人いるだろう。

〈全部で100万ドルはあるな〉

盗んできた現金に違いない。状況からすればそう判断できる。逃亡中でもない限り、こんな重いスーツケースを引きずって砂漠を横断しようとするやつなどどこにいる。

「おまえさんは死人だ。するとこの現金は誰のものということになる?」

ペドロはその場に立ってしばらく考えてから、声に出して言った。

「おれが見つけたんだから、おれのもの。それでフェアなんじゃないかな。〝落とし物は見つけた人の物〟と言うじゃないか。これで可愛いロジータには新しいドレスを買ってやれる。喜んでくれるだろう。自分へのご褒美として若いロバも買おう。こいつはもう疲れているからな」

ペドロはスーツケースの蓋を閉め、「どっこいしょ」と持ち上げて、ロバの背中に結わい付けた。太陽は真上に昇り、砂は焼けつくように熱かった。ペドロは喉がカラカラだった。近くに自動販売機があるのに気づいていたが、肝心の25セント硬貨を持ち合わせていなかった。

〈販売機をぶち壊してボトルを取り出してもいいんだけど〉

ペドロは自制した。

〈そんなことしたら、おれは泥棒になってしまう〉

と、そのとき、砂の中でピカピカ光るものが見えた。腰をかがめて拾ってみると、なんと、自動販売機に表示されている定価ぴったりの25セント硬貨ではないか。

「今日はなんて運のいい日なんだ！」

ペドロは誰もいない砂漠の中でひとり喜びの声をあげた。

さっそくクオーターを投入口に入れ、希望の品のボタンを押した。氷のように冷たいコカ・コーラのボトルが取り出し口に落ちてきた。彼はキャップを開け、ゴクンゴクンと飲みつづけた。中身を飲みほしてしまうと、空のボトルを遠くへほうり投げた。

「これが人の世というものさ、アミーゴ」

ペドロは足元に転がる死体に語りかけた。

「同じ一日でも、ある者にとっては運のいい日になり、また別の者にとっては運の悪い日にもなる。それを決めるのは神さまというわけよ」

ペドロは再びロバにまたがり、オハカを目指して砂漠を奥へ奥へと進んで行った。

フェルナンド・ゴンザレスの遺体は、ガソリンスタンドを開けるためにやって来た店のオーナーによって発見された。遺体には身元を確認できるようなものはいっさいなかった。とりあえず店のオーナーがオハカの派出所に連絡すると、間もなく警察官たちがやって来たが、彼らもまた同じ疑問にぶち当たった。

「乗り物にも乗らず、食べ物も水も持たずに、なぜこんな砂漠の奥までやって来たんだろう?」

警察官たちは遺体をオハカに持ち帰り、葬儀屋に預けた。

ともあれ、フェルナンド・ゴンザレスは故郷に着くことは着いたわけである。だが、そのことを知る者はいない。遺体が誰なのか分からず、警察としても、町の人たちに聞いて回るわけにもいかなかった。ゴンザレスには手続きだけの葬儀が営まれ、その遺体は共同墓地に埋葬された。

月曜日の朝、出勤したジェイムス・マジソンは、金庫が空になっているのを知って激怒した。狂ったように怒りまくる彼は、あらゆる人に疑いの目を向けて質問の矢を浴びせた。だが、遅刻したことも、無断欠勤したこともないフェルナンド・ゴンザレスが会社に来ていないことが分かると、盗んだのが誰なのか、その時点ではっきりした。

「あいつを捕まえるんだ!」

ジェイムス・マジソンは吠えた。

「あいつを捕まえて刑務所にぶち込んだら一生クサイ飯を食わせてやる！　それよりも何よりも、わしの金を取り戻すんだ！」

ニューヨーク中の警察署が協力する人間狩りが始まった。だが、いくら人員を投入しても、ベテラン刑事たちがどんなに知恵を絞っても、犯人の足跡らしきものは一切見つからなかった。まるで地球の表面からひとりの人間が消えてしまったような完全な蒸発だった。

フェルナンド・ゴンザレスが埋葬されてから二日後、自動販売機にたまったコインを集める集金人がガソリンスタンドにやって来た。

販売機の中の全てのコインは彼の手を経てメキシコ・シティの銀行に納められる。

"幸運のクオーター"は、人の手を巡り巡って、アカプルコのレストランにたどり着き、そこで食事した旅行者にお釣りとして渡された。

次はニューヨークへ向かう弁護士のポケットの中にあった。さらには、チップの一部として理髪店主に渡され、店主はそれを客に渡し、客はそれを持ってバーモント州へ向かった。

バーモントでは州の祭りが開かれていた。州祭の会場にやって来たジェニングス・ラングという名の青年が、自動販売機でホットドッグを買ったとき、お釣りとして〝幸運のクオーター〟を受け取った。

ジェニングス・ラングは大学を出たばかりの二十一歳の青年である。彼はいま、一生牢獄暮らしをするかしないかの瀬戸際にいた。牢獄、といっても、あの鉄格子で囲われた牢獄ではない。ジェニングス青年にとってはもっと耐えられそうにない苦痛の場所である。ジェニングスの実家は何世代も前からサウス・カロライナで大きな家具工場を経営する資産家だった。ジェニングスは幼いときから父親に聞かされてきた。

「いつか全部おまえのものになるんだぞ」

そう言われるたびに心が沈むジェニングスだった。家具工場を引き継ぐなんてひとつも嬉しくなかった。ビジネスに一切興味が持てない彼には、人生でやり遂げたいことがひとつだけあった。それは物書きになることだった。

ジェニングスはどんな苦労をしてでも小説家になりたかった。

「ぼくは小説を書きたいんだ」

彼はそう父親に言うと、小学校しか出ていない父親はそれを笑い飛ばした。

「小説を書くなんて女の子がやることだぞ。おまえのおじいちゃんを見ろ。読み書きはできなくても州一番の資産家になったじゃないか」

「べつに財産になんか興味ないんだ、ぼくは。小説を書いてそれで人々を笑わせたり、泣かせたり、人生について考えさせたりしたいんだ」

「くだらない話をするんじゃない」

父親は息子を叱りつけた。

「そんなバカバカしい考えは頭から振り払いなさい。おまえは生まれたときからラング家具株式会社を経営することに決まっているんだ」

ジェニングスは母親に助けを求めた。

「一度しかない人生を家具工場に費やしたくないんだ。ぼくの性格には合ってないし。お願いだから、お父さんに話してよ」

母親は頑として首を縦に振らなかった。

「あなたも知っているでしょ。お父さんは頑固な人だから、一度決めたことは変えないでしょう。あなたが生まれたときからお父さんは決めていたんですよ。自分が引退するときは事業をあなたに継がせると。それに、そろそろお父さんも引退する時期だから、今さら変更なんてできませんよ」

五年前に大学に入学して以来、ジェニングスは、一年経過するごとに父親の事業を継承する日が近づいたこと思い、気を滅入らせてきた。焦る中で彼は、時間と情熱のすべてを小説書きに費やし、でき上がった作品をニューヨークの出版社に送ってきた。だが、どの出版社も作品を送り返してきた。それでもジェニングスはめげなかった。

〈ぼくには文才がある。それを誰かが認めさえしてくれたら。それが突破口になるのに〉

英文学担任のチャータリス教授は、長年大学の教壇に立っていて学会でも広く知られた人物で、ジェニングス・ラングは教授の特待生だった。宿題として提出されたジェニングス・ラングの作文を初めて読んだとき、教授はすぐさまジェニングス・ラングを自分の研究室に呼んだ。

「きみは才能に恵まれている。大作家になれるぞ」

ジェニングスは嬉しくて天にも昇る気分だった。

「ありがとうございます、教授」

「これからもちろん勉強することはたくさんある。きみはまだ若いからな。だがきみの才能は誰も否定できないだろう」

ジェニングスは夢心地で教授の賛辞を聞いた。

「書くということは、頭も心もすり減らす、想像以上に厳しい作業だぞ。基本的ルールがひとつある。満足してはいけないということだ。偉大な作家ほど自分の書いた文章に満足しないものだ。ひとつ文章を書きあげたら、無駄を省き、磨きあげ、洗練させて完成させていく。ささっと書いてそれで満足しないこと。分かったかな？」

「ええ、分かります、教授」

ジェニングスは興奮を抑えきれずに、教授に褒められた件を母親に電話で話した。母親に代わって父親が電話に出た。

「ひとりの老人に褒められたからって、それでおまえが作家になれたわけじゃないんだぞ。書いたものが売れて初めて作家と言えるんだ。おまえが書くことで稼ぐことができたら作家と呼んでやろう。今のままだったら、おまえはただの風来坊だ。聞いているのか？」

ジェニングスはもちろん聞いていたが、父親の話には同意できなかった。

「じゃあ、ぼくが自分で証明してみせます」

それ以来、ジェニングスはさらに熱を込めて努力した。彼にとって書くことは純粋な喜びだった。何か書いているときは別世界に浸ることができた。時が経つのも忘れるほど日々刻々が幸せに過ぎていく。

「家具工場で人生を終えるなんて、ぼくには絶対できない」

ジェニングスは自分に語りつづけた。

いよいよ大学を卒業する日がやって来た。父親も母親も卒業式に出席してくれた。

「今日はおまえが一人前になる記念日だ」

父親は誇らしげな顔で息子に語った。

「これからは社会人として仕事に励むわけだからな」

ほら来た、と思い、ジェニングスはなんとか矛先をかわそうとした。

「どこかに座ってゆっくり話そうよ」

ジェニングスはそう言って、両親を大学構内の静かなベンチに案内した。そしてさっそく父親の説得に取りかかった。

「ねえ父さん、ぼくの話を聞いたら父さんががっかりするのは分かってるんだけど、でも、今日はぼくの考えをはっきり言わせてもらいます」

ジェニングスはつばを飲み込んでから先をつづけた。

「椅子やテーブル作りに一生を費やすくらいなら、ぼくは死んだほうがましです。ぼくの理想は全然違うところにあるんです。一生を終えて死ぬときに、何かを成しとげたという実感が欲しいんです。この世界に何か残したいんです。この地球上には何十億もの人々が生きているけど、死んだらみんなそれまでで、生きた証しを残せる人はあまりいません。

家具づくりで人生を終えたら、ぼくもそんな人間のひとりになってしまいます」

息子の話を聞いているうちに父親の顔は真っ青になっていた。

「何て事を言うんだ。おまえを大切に育てて大学まで行かせた父さんや母さんに対するそれがおまえの言葉なのか！」

父親の声は周囲にも聞こえるほどの怒鳴り声になっていた。心臓発作でも起こしやしまいかとジェニングスが心配するほどだった。父親の怒鳴り声はつづいた。

「おまえは作家になりたいらしいけど、今まで何か書いて、それが売れたことがあるのか。収入がなかったらどうやって暮らしていくんだ？」

「そこまでは考えていません」

母親は父親に加勢した。

「お父さんの言うとおりですよ、ジェニングス。あなたの書いたものが売れなかったら作家とは言えませんよ。収入がなかったら生活が成り立たないし、最終的には飢え死にしてしまいますよ」

父親は爆発した。

「おまえがわがままを言うなら、わしは一セントも援助しないぞ！」

「援助なんていりません。でも、ぼくに何ができるか証明するチャンスが欲しいんです」

「おまえはそれをどうやって証明するつもりなんだ?」

　ジェニングスはちょっと考えてから答えた。

「では、こうしませんか、父さん。ぼくに六カ月の自由をください。ぼくはどこかに消えて作品づくりに専念します。その六カ月のあいだに何も売れなかったら、サウス・カロライナに戻ってきて工場経営の仕事に就きます」

「いいだろう」

　父親はしぶしぶ同意した。

「六カ月間だぞ。いいな?」


　六カ月は矢のように過ぎていった。そして今、ジェニングス・ラングはバーモント祭りの会場内をうろついていた。彼の頭の中は不安でいっぱいだった。

〈六カ月の期限は来週で終わりだ。なのに、作品はまだひとつも売れていない。どうしよう〉

　ジェニングス・ラングがバーモント州の山中にやって来たのは、そこが人里離れたところで、街の明かりに誘惑されたり、人ごみに惑わされたりすることなく物書きに集中できるからだった。彼はそこで安価な山小屋を借り、朝早くから夜遅くまで作品づくりに精を出した。作品が出来上がるとすぐニューヨークの出版会社へ送り、祈るような気持ちで返事を待った。返事の中にはジェニングスを元気づけるものもあった。編集者の個人的感想が添えられていた。

〝貴君の才能には将来性を感じるものの、さしずめ弊社の規格にはそぐいません……〟

〝あなたの作品を楽しく読ませていただきました。しかしながら当社が出版の準備を始めている作品にあまりにも似ているので……〟

〝うちの社では無名の新人の作品は扱わないことにしています。ですから社の方針が変わったあかつきにはまた、ご連絡いたします〟

どの感想も馬の首の前にニンジンをぶら下げるような書き方だった。前置きで褒めておきながら、買う気はないという文章だった。そうこうしているうちに六カ月が過ぎようとしていた。父親が恵んでくれた2,000ドルも使い果たしてしまった。

「これがおまえの六カ月分の生活費だ。六カ月前に使いきったら、その時点で家に戻ってこい」

そう言われて渡された2,000ドルだった。

だからこそジェニングスは節約に徹した生活を送ってきた。外食したいときはレストランなどへは行かず、ハンバーガースタンドですませた。山小屋も一番安いところを選んで借りた。衣服は着の身着のままを通した。しかし、どんなに節約しても2，000ドルでは足りなかった。やむを得ず、食事を定期的に抜くことにした。空腹で頭がふらつくこともよくあった。それでもジェニングスはあきらめたり怠けたりすることは一日としてなかった。

作品を書きあげると、それを封筒に入れ、山を下り、街へ出向いて郵便局で受け付けてもらう。そんなことの繰り返しだったが、ついに生活費も底をつき、自由にできる時間もなくなってしまった。父親と交わした約束は果たさなければならない。これからは来る日も来る日も自分とは肌が合わない仕事に縛られて、一生逃げ出すことはできないのだ。ジェニングスの気持ちは暗くなる一方だった。

〈刑務所に入れられるほうがまだましなくらいだ〉

ジェニングスは祭りの会場を見渡した。人々はみな幸せそうに飲んだり食べたりしながらはしゃいでいる。みんな楽しそうだ。

〈あの人たちは自由なんだ〉

ジェニングスは自分の身が恨めしかった。

〈あの人たちは自分の行きたいところに行けるし、自分の好きな仕事に就くことができる。

ぼくの人生はこれで終わりだ〉
彼は暗い気持ちのままひとりぼっちの山小屋へ戻った。

さかのぼること二週間前。素晴らしいアイデアがひらめいた。ジェニングスはそのアイデアに沿って筋書きを考えた。いても立ってもいられないほどの素晴らしいストーリーになった。独創的なだけでなく、感覚も新しかった。

〈でも、今までも、素晴らしいアイデアだと思っても結局出版社には買ってもらえなかった。今回だって同じ結果になるに決まっている〉

全部を書きあげてから出版社へ送るのが一番いいに決まっていたが、彼にはもうその時間もなかった。

〈最初の二章だけ書いて、あとは筋書きだけにしよう。気に入ったら買ってくれるかもしれない〉

ジェニングスは作品が売れたときのあれこれを夢想した。まず、家具工場で働かなくてすむことになる。と同時に、作家になれたことを証明できる。文筆で食っていけることを……。

〈そうなったらぼくは自由だ。一生自分の好きなことをやって生きていけるんだ。どこか

の出版社が買ってくれさえしたら〉

次の日ジェニングスは小説の概略を書きあげた。そして五時ちょうどに原稿を封筒に入れ、封をした。封筒の宛先欄にはマコーミック社の住所と名前を書いた。マコーミック社はニューヨークで最も評価の高い大手の出版社である。

ジャケットを羽織ると、ジェニングスは山小屋を出て村へ急いだ。郵便局は六時に閉まる。彼としては今日の集配分に間に合わせたかった。もし今日受け付けてもらえたら明日には宛先に届く。

〈この山の中の生活も今日で最後だ〉

〈だが返事がすぐ来なかったら、ぼくのほうから電話して出版社に反応を聞いてみよう〉

ジェニングスは村に着くと、急ぎ足で郵便局へ入った。

小さな郵便局の局長はジェニングスとは顔なじみになっていた。気さくな人物だった。

「新原稿だな」

「ええ、そうなんです。今日の最後の集配に間に合いますか?」

「あんたもついているな。ぎりぎりセーフだよ」

局長は原稿の入った封筒を秤の上に置いた。その様子を見たときだった。ジェニングスは、しまった、と胸の内で叫んだ。最後の1ドル札をホットドッグを買うのに使ってしまっていた。原稿を送る切手代を払えないということになる。ツケで頼めるはずもない。相手は合衆国郵便公社なのだ。

〈ぼくはなんてバカなんだ！〉

ジェニングスは自分を叱った。

〈切手代として1ドルは取っておくべきだった〉

郵便局長は答えていた。

「25セントだな」

「すみません、ちょっと今――」

そう言いかけたときだった。ジェニングスは釣り銭としてもらった25セント硬貨のことを思い出した。彼はそれをもぞもぞとポケットから取り出して郵便局長に差し出した。キラキラ輝く新しいコインだった。

「ではこれで」

郵便局長は25セント硬貨を受け取ると、封筒に「領収」の判を押し、それを集配袋の中に投げ入れた

「グッドラック！」

「ありがとう」

そのときちょうど集配のトラックがやって来た。ジェニングスが見守る中で郵便局長は郵便物の入った袋を集配係に渡した。

「封筒はニューヨークなら明日着くよ」

郵便局長はジェニングスに保証した。

ジェニングスはしばらくそこに立ったまま胸の内で祈った。

〈神さま、お願いです。出版社にこの原稿を買わせてください。ぼくの最後のチャンスなんです〉

第11章
編集長の贈りもの

郵便局のその日の売上金はバーモント州の本局に届けられる。例の25セント硬貨はそこで釣り銭として使われ、ニューヨークのブルックリンから来たひとりの観光客に渡された。観光客はその日の午後ニューヨークに戻り、マンハッタンの町角で物乞いに乞われるまま、25セント硬貨を恵んでやった。

物乞いは酒店へ行き、八枚の25セント硬貨で安物のワインを一本買った。八枚の硬貨の中にはひときわ輝いている硬貨が一枚あった。

輝いている25セント硬貨は、シャンパンを買いに来た客に釣り銭として渡された。その客の名はテルオ・コバヤシ。彼はニューヨークに本拠を置く出版社マコーミック社の編集長である。テルオは結婚十周年を祝おうと思い、シャンパンボトルを持ち帰って妻のアキコを喜ばすつもりだった。彼は昼休みを利用してボトルを買い、贈りもの用に包んでもらうと、すぐ社へ戻った。


その日のテルオは早めに帰宅するつもりだった。だが、ランチから社の自室に戻ってみると、新たに届いた原稿の束が机の上に山積みになっていた。

米国では毎年四万冊の本が発行される——一週間で800冊の計算になる——編集長のテルオは強迫観念に襲われていた。そのうちの大部分の原稿は自分の机の上に届くのだと。

テルオが受け取る原稿のほとんどは駄作である。筋書きもつまらなければ、登場人物にも特色がなく、単語のスペルを間違っているものもある。テルオは編集者としての長い経験からよく知っている。スペルの間違いなどタイプミスがある原稿はだいたい素人が書いたものであると。

「自分にも小説が書けると思いこむ人間がなぜこんなにたくさんいるのだろう」

　彼は自分の下で働いている見習い編集員のロッドに問いかけたことがある。

「自分に才能がないことを自覚できないのかね、この人たちは」


　テルオが入社した当時のマコーミック社はまだ小さな出版社だった。最初彼は校正係として働き、原稿や活字のミスを見つけては正す仕事に従事していた。その仕事ぶりが認められ、正式な編集者に登用され、三年後には編集長に抜擢された。

　彼の優れた点は、ベストセラーになる原稿を嗅ぎ分けるその嗅覚だった。彼の嗅覚のおかげで会社はいくつものベストセラーをものにし、米国で最も成功した出版社のひとつになることができた。それがテルオ・コバヤシ編集長の功績であることは内外の誰もが認めるところだった。

　彼の予測は不思議なくらいよく当たった。原稿を読み取る能力にも長け、この原稿は売れないだろう、とか、この原稿は百万五千冊くらいかな、とか、これはベストセラーになるだろう、とか、細かい予測までよく当たった。

　テルオはまた新人発掘が得意で、才能のある作家を見つけては、彼らを励まし精進に手を貸すのが好きだった。いったん発行すると決めるとあくまでも作家側の味方になり、仕事を途中でおろそかにするようなことは決してなかった。広告予算が充分に取れるよう頑張るし、新聞や雑誌に取り上げてもらえるよう根回しも怠りなかった。出版社の編集長としては評判どおりのピカイチだった。

帰宅までどれくらい時間があるか確認するため、テルオは腕の時計を見た。今夜は妻のアキコがごちそうを作って待っていてくれるのだろう。テルオの好物は、寿司に、照り焼きステーキに、エビの天ぷらだ。

結婚してから十年経ったいま、テルオは妻をますます深く愛するようになっていた。妻のアキコは美しい女性だった。かわいらしい顔に性格も穏やかだった。テルオは多忙ゆえに土日休み抜きで働くこともあった。それでも彼女が不満をもらしたことは一度もなかった。仕事でテルオの帰宅が遅いときでも、彼女はいつも笑顔で迎えてくれた。

〈思い出に浸っている場合じゃない〉

テルオは自分を戒めた。

〈さあ仕事だ、仕事だ！〉

テルオは訓練中の助手ロッドを呼んだ。

「まあ掛けたまえ」

助手はテルオの指示に従った。

テルオは机の上の原稿の山を指さしながら言った。

「これらの原稿はみんな著作権のエージェントから送られてきたものだ。うちの社は原則として"ちょく"は扱わない」

「"ちょく"ってなんですか?」

「言葉のとおり、著作権エージェントを通さない原稿のことだ」

テルオは助手の目の前で原稿の束をエージェント別に振り分けた。

「ご覧のとおり、ぼくは原稿をふたつのグループに分けた。最初のグループはいずれも良心的なエージェントから送られてきたものだ。良心的なエージェントは力のある作家を抱えているし、原稿を我々のところに送る前に自分たちでもよく読んで選んできている。しかし、もうひとつの束は、そんなことは考えない儲け主義のエージェントから送られてきたもので、内容など吟味せずに売れれば儲けものと思って我々のところへ押しつけて来たものだ。全部読むには読むけれど、こっちのグループは後回しにだ」

原稿の束の一番下になっている封筒がテルオの目に留まった。封筒にエージェントの表記はなかった。送り主の住所はバーモント州とあり、名前はジェニングス・ラングとなっていた。聞いたことのない名前だった。彼はその封筒を取り上げて言った。

「ほら、ごらん。これにはエージェントの名前がない。つまり、〝ちょく〟ということだ。これは読まずに送り主に返すことにする」

テルオは有力エージェントから送られてきた封筒を開け、中の原稿を読み始めた。が、三ページほど読んだところで興味を失い、原稿をわきに押しのけて言った。

「これは前のストーリーと似すぎている。彼女はいい作家だけど、マンネリに陥っているな」

次に彼が取りあげた原稿は中東の戦争をテーマにしたものだった。なかなか迫力があり、よく書けていた。テルオはその原稿を別の束に振り分けた。

「この原稿はうちで発行することになると思う。きみもよく読んでおいてくれ」

原稿の振り分けはつづいた。

戦争をテーマにした話もあれば、ホラーストーリーもあったし、男女の愛を語るものもあった。他にもいろいろあった。ハリウッドのスターが自分の男女関係をバラしたものや、将軍が手柄話をつづったもの、政治家が世のあるべき姿を偉そうに語ったもの、囚人が無実を訴えるものなどいろいろあった。

テルオは数ページ読むだけで小説の出来が予測できた。原稿の多くは返却されることになるのだが、そんな作品のひとつひとつにテルオはポジティブなコメントを与えるのを惜しまなかった。

良心的なエージェントからの封筒に目を通し終えたとき、時計の針は六時を指していた。集中力を注いだあとだったから、ふたりともぐったり疲れていた。テルオは椅子に反り返り、ストレッチした。

「そろそろ帰るか。アキコが待っているだろうから」

助手のロッドは与えられた原稿をまとめながら言った。

「明日の朝から残りを読み始めます」

そう言ってから、助手は、机の上に残されたバーモント州から来た封筒に目をやった。

「この原稿はどうしましょうか？」

「わたしが秘書に言って返送させておこう」

「ではまた明日。結婚記念日おめでとうございます」

そう言って助手は部屋を出ていった。

〈いい一日だったな〉

テルオはその日をふり返って思った。残念ながら傑出した作品には出会えなかったが、未来に向けて可能性のあるものはあった。

〈大作家っていうのは、もう出ない時代なのかな〉

テルオは日頃の思いを頭の中で繰り返した。昔はヘミングウェイもいたし、トーマス・ウルフもいた。シンクレア・ルイスも、サマーセット・モームもいた。ジョージ・バーナード・ショウやオスカー・ワイルドにつづく者はいないのだろうか。最近はなぜか偉大な作家と呼ばれる人物はいなくなった。みなドングリの背比べで、傑出したところがないように思える。

そんなことを考えながら、テルオはバーモント局の消印のある茶封筒に目をやると、何のつもりもなくそれを裏返して見た。

〝ジェニングス・ラング〟

作家を志す素人がエージェントにも巡り合えずに何か書きあげたのだろう。何週間もかけて、いや、もしかしたら何カ月もかけて。どんな内容にしろ、誰に読まれることもなくこの世から消えていく宿命の創作物だ。おそらく、つづりもたくさん間違っているのだろうし、タイプのエラーもたくさんあるのだろう。

ほんの気まぐれから、テルオは茶封筒にハサミを入れ、中の原稿を取り出して見た。最初の書きだしの二章とその後のアウトラインからなる原稿だった。最初のページにタイトルが印字されていた。

〝山〟

〈いろんな意味に取れるタイトルだ〉

と、テルオは思った。

〈悲劇なのか喜劇なのか。私小説なのか社会小説なのか〉

テルオはタイトルのページをめくり、最初の二ページに目を走らせた。と、背筋にゾクッとしたものが走った。名作に出会ったときに感じるあの不思議な感覚がテルオの胸を包んだ。いま自分は天才と向き合っている。そのことがすぐに分かった。テルオは出だしの一行目に戻り、今度は一語一語を味わうようにゆっくりと読んだ。出だしからこれほどストーリーに惹きこまれるのは何年ぶりのことだろう。流れるような文章の中で、登場人物は生き生きとしていて、自分の周りに実在するような不思議な感触を与えてくれる。そこに書かれている苦痛や渇望や喜びはテルオが日常実感しているものと変わりない。

読み終えた原稿を机の上に置いたとき、すでに二時間が経過していた。この世に出現した若い才能が創造する魔法の世界にどっぷり浸かって、テルオは時間の感覚をなくしていた。原稿を閉じたときのテルオの心臓はドキドキと早鐘を打っていた。彼は改めて封筒に書かれている送り主の名前を読んだ。

「ジェニングス・ラング」

テルオは秘書を呼んだが、彼女はすでに社を出ていた。やむなく彼は自分で番号案内に電話した。

「ジェニングス・ラング氏の電話番号を調べてもらいたいんですけど……」

テルオは案内係にバーモントの住所を伝え、教えられた番号のボタンを押してみた。遠くからベルの鳴る音が聞こえてきた。しばらく鳴らしっぱなしにしておいたが、相手は出なかった。

〈外出でもしているのだろう。また明日電話してみるか〉


その時刻、ジェニングス・ラングは、小屋から出て暗闇の中に腰をおろし、バーモントの星空を眺めていた。これから自分の人生はどんな道をたどるのだろう。未来はどう考えても暗かった。二日前にニューヨークの出版社に送った原稿が文字どおり最後の望みだ。

〈たったひとつの原稿に自分の人生を賭けるなんておかしいかもしれないけど、可能性はまだある〉

と、思ってはみたものの、父親はここまでしか許してくれない。

小屋の中から電話のベルが聞こえていた。多分父親からだろう。彼に与えられた猶予がもうじき切れることの念を押すためにかけてきたに違いない。ジェニングスはいま父親と話す気にはなれなかった。父親ばかりではない。そのときの彼は誰とも話したくなかった。

ただ星空を眺めていたかった。

　電話のベルはなかなか止まらなかった。

〈分かったよ〉

　彼はいやいや立ち上がった。

〈遅かれ早かれカタをつけなければならないんだ〉

　受話器を取る前にベルが鳴りやんでくれることを願いつつ、ジェニングスはのろのろと小屋へ向かって歩いた。ベルが鳴りやむのと彼が受話器を取るのは同時だった。

「もしもし」

　電話の向こう側ではテルオ・コバヤシが受話器を置いて電話を切るところだった。と、そのとき、彼の耳にジェニングスの声が聞こえてきた。テルオは思わず受話器を耳に密着させた。

「もしもし、ラングさんですか?」

「ええ、そうですけど」

「わたしはテルオ・コバヤシと申しますが」

　テルオ・コバヤシといえば業界では知らない者はいない名物編集長だ。当然ジェニングスも彼の名はよく耳にしている。

〈誰かがぼくに意地悪ないたずらをしているな。それにしては悪質ないたずらだ。テルオ・コバヤシがぼくに電話してくるなんてありえない〉

「なんですか?」

ジェニングス・ラングは乱暴に応えた。

「あなたと直接話したくて電話しました。〝山〟の一章と二章とアウトラインを読みました」

そう言われてジェニングス・ラングはハッと気がついた。自分が話している相手はあの偉大な編集長その人なのだと。ラングは頭に血がのぼり、顔が真っ赤になった。

「あの――あの、本当にテルオ・コバヤシさんなんですね?」

「ええ、そうですよ、ラングさん」

「感激の至りです」

「感激しているのはわたしのほうですよ、ラングさん。あなたは天才です」

ジェニングス・ラングは自分の耳を疑った。あの偉大な編集長からこんな褒め方をされるなんて。

「気に入っていただけましたか?」

「気に入るどころか、感動して鳥肌が立っています。この作品はうちの社で出版させてもらいます」

ジェニングス・ラングは相手のひと言ひと言が信じられなかった。

「失礼ですが、もう一度おっしゃっていただけますか？」

「マコーミック社はあなたの原稿を本にして出版します」

ジェニングスは感激のあまり言葉もどもっていた。

「コ、コバヤシさん。ぼくの人生の中で出会った最高のニュースです。あ、あ、あなたは、ぼ、ぼくに何をしてくれたかご存じですか。ぼ、ぼくの命を救ってくれたんです」

「ぼくにとっても嬉しい出来事ですよ、ラングさん。ところで、あなたのエージェントになってくれる人はいますか？」

「いいえ、いません」

ジェニングスは急に心配になった。

「エージェントが必要なんですか？」

「エージェントを通さない原稿は原則として受け付けないのがわが社の決まりですけれど、この場合は例外にしてもいいでしょう。わが社はあなたと直接取り引きします。あなたはお若いから前金払いも必要なんじゃないですか？　なるべくたくさん用意できるようわたしも頑張ります。いつニューヨークに出て来られますか？」

「今夜でも」

コバヤシ編集長は笑った。

「そんなに慌てなくても大丈夫ですよ。明日ではどうですか？」

「ええ、では、明日お邪魔します」

「いいでしょう。では、ランチを一緒にしましょう。そのときに細かい点をディスカッションしたいと思います。いいですか？」

「ええ、もちろん」

「では、お会いできるのを楽しみにしています」

「ぼくのほうがあなたよりもっと楽しみにしています。では、明日」

受話器を置いたときのジェニングス・ラングは頭がグルグル回転していた。自分の幸運が信じられなかった。世界一の編集長が彼の原稿を気に入ってくれたのだ。そして世界一の出版社がそれを本にして発行してくれるという。しかも、前払い金も用意してくれるのだ。やったぞ！ ついに作家になれたのだ！ 今度という今度は父親も拒否できないだろう。ジェニングス・ラングはこれで家具工場とはおさらばできる。今後は好きなことをしながら自由に生きていけるのだ。自分が好きで好きでたまらないことをしながら。

〈人の運命って、本当にささいなことに左右されるんだ〉

ジェニングス・ラングはしみじみと思った。

〈もしぼくがあの原稿を送っていなかったら、こんな幸せには巡り合えなかった、もしあのとき、あのピカピカ輝く25セント硬貨がなかったら、原稿も送れなかっただろう〉

〈そうなんだ、実際にそうなんだ。人の運なんて、ほんのささいなことで右へも行くし、左へも行くんだ〉


コバヤシ編集長は受話器を置いてから、椅子に反り返り、誰に向かうでもなく声に出して言った。

「ラングさん、数カ月したらあなたは有名人ですよ。数年したら世界中があなたの名を知ることになります」

コバヤシ編集長にとっても、こういう興奮は一生に何度も経験できることではなかった。早く家に帰ってこの途方もない新人の発掘を妻のアキコに知らせたかった。

アキコのことを思い出すと同時に、テルオは時計に目をやった。針は八時を指していた。

〈いけない、ずいぶん遅くなってしまった。新人の作品に夢中になるあまり、妻に連絡を入れるのも忘れてしまった。急がなくては！〉

テルオはシャンパンのボトルをつかみ、部屋のライトを消して社の建物を出た。みんなはとっくに帰宅していて、周りには誰もいなかった。

表に出ると、テルオはタクシーを探した。だが、タクシーはなかなか通らず、たまに来ても乗車中のものばかりだった。

〈バスで行くしかないか。いよいよ遅くなるけど仕方がない〉

テルオは冷たい風の中で十分も待たされた。ようやく来たバスは空席がないほど乗客でいっぱいだった。テルオはバスの窓から過ぎゆく街の夜景をボーッと眺めながら、いま読んだばかりの原稿のことを考えた。ジェニングス・ラングはバーモントでいま何をしているのだろう?

やがてバスは、彼が降りようとしている停留所に止まった。

テルオの住まいはニューヨークのダウンタウンのウエストサイドにある。かつては落ち着いた街だったが、今では街灯も少なくて夜は暗く、少年ギャング団のうろつく危ない街になっていた。

「うちも引っ越したほうがよさそうだな」

アキコと何度も交わした会話だった。それに対してアキコの答えはいつも決まっていた。

「友達はみんなこの辺にいるから、わたし、引っ越したくないわ」

そんなわけでふたりは何度も実行する機会を逃して今日まで同じ街に何十年も住みつづ

けていた。テルオはシャンパンボトルをぶら下げてバスを降りると、ちょっと物騒だけど遅れていたので、近道を通ることにした。廃屋になった古いビルの横を通り抜けようとしていたときだった。背後から誰かの声がした。

「ヘイ、ユー」

暗闇から突然男が現れた。

「どこへ行くんだ、おまえ！」

テルオはシマッタ、と思った。ここはやはり危険地帯なのだ。少しは明かりのある表通りを選ぶべきだった。

「家に帰るところだけど」

「手に何をぶら下げてるんだい？」

「別になんでもないよ。ワイフへのちょっとした贈りものさ」

暗闇の中から別の声が聞こえてきた。

「ワイフへのプレゼントって、何なんだい？　何か高価な物かい？」

「やめてくれよ、トラブルはごめんだ。ぼくにかまわずに道を開けてくれ」

最初の男の声が命令口調になっていた。

「おまえさん、いくら持っている？　正直に言え」

誰か助けてくれる人はいないかとテルオは周囲を見回した。しかし両脇に古いビルが建ち並ぶこの暗い細道にはふたりのギャング以外誰もいなかった。ひとりの手に光るものが握られていた。刃渡りの長い登山ナイフだ。こんな連中と取っ組み合いのけんかをするのは愚かすぎる。

「ポケットに200ドルあるから、それをきみたちにあげるよ」

「それはあんがと。ついでにそのプレゼントもよこしな」

テルオはそのひと言にカッとなった。テルオは現金など惜しくなかったが、妻への贈りものをよこせと言われたら、それは話が別だ。

「これはダメだ！」

テルオはくるりと向きを変えると、細い路地を来た方向に向かって全速力で駆けだした。

「つかまえろ！」

最初の男が怒鳴った。ギャングたちのほうが明らかに健脚だった。路地の入り口に着く前に捕まってしまうだろう。廃屋のビルの横を通り抜けざまに、テルオは目に入ったドアのノブを回した。ドアは奇跡的に開いた。テルオはドアをくぐってビルに入るや、内側からすぐにカギをかけた。追いついたふたりは外からドアをガンガン叩いていたが、とりあえずテルオは助かった。ドアを破られる前にここから脱出できる方法を考えなくては。

「あの野郎、ゆっくり捕まえられたいらしい。おもしれえや。うんと恐怖を味わわせてやろう。ドアをぶち壊せ！」

外からギャングの声が聞こえてきた。

テルオは暗い無人の廊下を奥へ向かって駆けだした。しばらく行くと、突き当りに何か見えた。テルオの胸はさらに早鐘を打った。暗い中でもそれが何なのか、場所と形で分かった。公衆電話だ。テルオは急いで電話の前に来ると、ポケットをまさぐった。しかし公衆電話で使える硬貨はなかった。ドアを壊す激しい音に混じって自分の心臓が鳴る音がテルオの耳に聞こえていた。テルオはシャンパンを買ったとき店員からお釣りに25セント硬貨をもらったことを思い出した。あれはどこに行ったんだ？　どこかで失くしてしまったらしい。

あっちのポケットからこっちのポケットへと彼は夢中になって手を動かした。しかし硬貨はどこにもなかった。ドアはついに打ち破られ、ふたりの怒声が聞こえてきた。と、そのときテルオは、今朝妻のアキコから言われた言葉を思い出した。

「あなたのズボンのポケットに穴が開いているわ。今夜帰ってきたときわたしに言って。忘れないうちに直すから」

テルオは人差し指を動かして穴を探してみた。あった。穴の向こう側に縫い目に隠れてあの25セント硬貨が。テルオは硬貨を二本の指で慎重につまみ出すと、それを震える手で公衆電話の投入口に入れた。彼の指は911を押していた。最寄りの警察署への緊急電話番号だ。ふたりのギャングの足音が近づいていた。

「ヘルプ！」

テルオは受話器へ向かって叫んだ。

「連中に殺される！」

そこまで言ったとき、ふたりの男の手がテルオの握っている受話器を押さえた。

第12章
25セントの輝き

物騒なニューヨークでは護身用にピストルやナイフを隠し持っている人が結構いる。しかし、コバヤシ編集長はそんな怖いものを手にしたことはなかった。今、彼にとって武器と言えるものは、手に握っているシャンパンボトルだけだった。ギャングのひとりがナイフを振り上げてテルオに向かって来た。テルオは重いシャンパンボトルを振りおろし、ギャングの手からナイフを叩き落とした。ギャングは痛みのあまり大声を張り上げ、仲間に向かって叫んだ。

「おまえ、こいつをやっつけてくれ！」

テルオは再びボトルを振り上げ、攻撃の構えをとった。怖さと緊張で心臓がバクバクと鳴っていたが、胸の中の何かが彼に抵抗をつづけさせた。

〈わたしがこんなことに巻き込まれるなんて！　現金とシャンパンを与えてしまえばそれですむのに〉

しかし、シャンパンは愛する妻への贈りものである。それを悪者に渡すなんて絶対にできない。

〈ぼくは何の変哲もない贈りもののためにこれから死ぬんだ〉

ふたり目のギャングがナイフをかかげて飛びかかって来た。テルオは身をよじってよけようとしたが、その瞬間、右腕に鋭い痛みが走った。相手はナイフを再びかざした。ちょうどそのときだった。遠くからパトカーのサイレンが聞こえてきた。音は当然ふたりのギャングの耳にも届いた。ギャングたちは一瞬耳をすませて音の方向を確かめた。ひとりが言った。

「ずらかったほうがいい」

もうひとりがテルオを睨んだ。

「次はドジらないように命をもらうからな」

ふたりのギャングは廊下を走って戻り、入って来たドアから外へ逃げて行った。テルオは肩で呼吸しながらその場に呆然と立ち尽くした。どこからか彼に呼びかける声が聞こえていた。

「ハロー、ハロー」

そのときになって彼は初めて気がついた。彼の手はまだ受話器を握ったままだった。テルオは受話器を耳に当てた。

「ハロー、こちらは警察指令本部です。そちらにパトカーを急行させましたが、あなたは無事ですか?」

「ええ、大丈夫です」

テルオが目を上げると、制服姿のふたりの警察官が、ギャングたちが逃げ去った廊下をこちらに向かって走って来るのが見えた。

「どうもありがとう。助かりました」

テルオは受話器を元に戻した。米国では警察署への緊急電話は無料である。電話の交換手は遠隔操作でテルオが投入口に入れた25セント硬貨を釣り銭受けに戻した。テルオは何も考えずに手を伸ばして硬貨を受け取り、ポケットに入れ、それを服の上から叩いた。

〈これは本当に幸運のクオーターだ〉

テルオは25セント硬貨に感謝した。

〈これがなかったら、ぼくはいまごろ殺されていただろうに〉

電話ボックスの前にやって来た警察官のひとりが、テルオの腕から鮮血がしたたってい るのに気づいて、もうひとりに言った。

「救急車を呼ぼう」

「救急車はやめてください。ぼくは大丈夫ですから。早く家に帰らなきゃ。今日は結婚記念日なんですよ」

そう言い終えたところで、テルオは気を失った。


テルオ・コバヤシは聖ルカ病院のベッドの上で目を覚ました。テルオの目の前には心配そうにこちらを覗きこむアキコの顔があった。

「遅くなってごめん。シャンパンがあるはずなんだけど、どこに行ったかな?」

アキコはテルオの傷ついた腕を避けながら、ベッドの上から彼を抱きしめた。

「シャンパンは警察の人が持ってきてくれたわ。開けてここでお祝いしましょう。警察はふたり組のギャングを捕まえたそうよ」

「それはよかった」

「一体、何があったの?」

テルオは正直に話すのが照れくさかった。もし話したら「バカね」と言われて笑われるのがオチだろう。

「あいつらはぼくから取りあげようとしたんだ」

「何を取りあげようとしたの?」

テルオは正直に言うしかなかった。

「シャンパンさ」

「あなたったら! シャンパンなんてまた買えばいいじゃないの」

「そうはいかないよ」

テルオの気持ちはギャングたちに抵抗したときのままだった。

「あれはきみへの贈りものなんだから」

テルオはアキコの笑い声を待った。だが、笑いのかわりに彼が見たのは、妻の両目から溢れだす涙だった。

「テルオったらバカね。だからわたしはあなたのこと大好きなのよ。おかしな人」

「確かにぼくはバカかもしれない」

テルオは肩をすぼめてにっこりした。

「でも、そのおかげでシャンパンは無事だっただろ」

テルオは無傷の左腕で妻を抱きよせた。

「ぼくたち、いつ家に帰れるんだ?」

「明日よ。今夜は病院に泊まらなければって先生が言っていたわ」

テルオの顔がぱっと明るくなった。あることを思い出したからだ。

「実は、きみにもうひとつ贈りものがあるんだ。すごい新人作家を発見してね。明日彼の作品をきみに読んで聞かせるよ。じゃあ、シャンパンのボトルを開けよう」


テルオが入院している部屋の隣の病室では、ウォーレス医師が、自殺未遂で運ばれてきた若い女性を診察していた。数時間前に意識不明のままハドソン川から引き上げられた女性だった。幸い彼女は病院に運ばれる途中の救急車の中で意識を取り戻していた。

意識は取り戻したものの、彼女は自分に何が起きたのか、そして自分がどこの誰なのか思い出すことができなかった。記憶喪失の典型的な症例だった。

彼女の身元を証明するものは何もなかった。記憶喪失者を病院に受け入れた主任看護師は、どの医師に担当してもらえばいいか、考えるまでもなかった。

「ウォーレス先生の時間が取れるかどうか聞いてみよう」

ウォーレス医師は催眠療法の権威である。過去に同じような症状の患者に催眠療法を使って目覚ましい治療効果を上げていた。

病院に駆けつけたウォーレス医師はすぐに患者の診察に取りかかった。患者は二十代とおぼしき美女で、指には結婚指輪をはめていた。指輪は新しそうだった。

「この人は結婚してからさして時間が経ってないな」

と、ウォーレス医師は推測した。

医師は自分の椅子をベッドの横に引っぱって行き、患者に向かって優しく語りかけた。

「わたしは医師のウォーレスです。二、三質問したいんですけど、いいですか？　あなたの名前を聞かせてくれますか？」

「分かりません」

「あなたのお住まいはニューヨーク市内ですか？　それともどこかから何か用事があってニューヨークに来たんですか？」

「さあ、分かりません」

「結婚していますか？」

彼女はそう聞かれて、結婚指輪をはめている自分の指に目を落とした。

「してるみたいですけど、わたしには分かりません。ごめんなさい。何も思い出せないんです。自分が誰かも分かりません。本当に怖いんです」

ウォーレス医師は手を伸ばして彼女の手を握った。

「怖がることはありません。あなたのような場合、有効な治療法があります。それを試してみましょう。催眠術にかかったことはありますか?」

「さあ、分かりません」

「それをこれからやってみます。あなたの表面的な意識は自分に関する情報を隠そうとしています。だからあなたの潜在意識を探ることができれば、あなたに関する本当の情報を得られるかもしれません。わたしと一緒にやってみますか?」

患者はうなずいた。

「では始めよう」

医師は看護師のほうを振り向いた。

「何か小さくて光るものを持ってきてくれないか」

そう言われて看護師は、昨日病院に運びこまれてきた日本人編集長がポケットから落とした25セント硬貨のことを思い出した。すぐ返そうと思いながら、忙しさにまぎれて返しそこなっていた硬貨だ。看護師はいまそれを取り出してみた。ピカピカ光る真新しい硬貨だった。

「これでいいですか、先生？」

「パーフェクト」

医師はそう言うと、患者の上半身を起こし、背をヘッドボードにもたれさせた。患者は神経質そうな目で医師を見つめ返していた。

「怖がらなくていいんだよ」

医師は患者に優しく語りかけた。

「ただリラックスしてわたしの言うことに耳を傾けていなさい。そして目はこの硬貨を見ていなさい」

医師は、ひもにぶら下げた硬貨を軽く振って天井の明かりをピカピカ反射させた。

「あなたは眠くなりますよ」

医師は優しい言葉をかけつづけた。

「わたしが十まで数えるうちに、あなたは完全に眠りの中に入っていますよ」

女性患者はトロンとした目でピカピカ光る硬貨を見つづけていた。

「そう、そうしてこのコインを見つづけていなさい。ほうら、眠くなってきたでしょ」

医師は数え始めた。

「ワン……ツー……ほうら、眠くなってきた、スリー……フォー……気持ちよくなってきました。何も考えないでリラックスしましょう。そして、ファイブ……シックス……ほうら、まぶたがだんだん重くなってきました。さあ、まぶたを閉じましょう。セブン……エイト……まだわたしの声が聞こえていますね、でも、あなたの気持ちは眠っていますよ。ナイン……テン……ほら、あなたは深い眠りに落ちました。でもわたしの声は聞こえてますよ。もう怖いものなんて何もありません。気持ちよくリラックスできています。まぶたが重くてもう開けられません」

医師は患者の閉じた目を観察してからつづけた。

「あなたは今、雲の上を浮遊しています」

女性患者の顔に笑みがうかんだ。

「何があったのか思い出してください。いま思い出しても怖いことなんて何もありませんからね。あなたに何かがあって、それであなたは自殺しようとしたんです。それが何だったか思い出せますか?」

「ええ」

患者はまぶたをさらに固く閉じた。声もしわがれていた。

「何があったんですか?」

「橋から飛び降りました」

「どうしてそんなことをしたんですか?」

「わたしの夫が――わたしは夫から逃げたかったんです」

「暴力でも振るわれたんですか?」

「いいえ、単なる口ゲンカです。わたしたち結婚したばかりなんですけど、夫はもうわたしと一緒にいたくないって言うんです。それで、わたしも、一緒にいるのが嫌になって逃げ出したんです」

堰を切ったように彼女の口から言葉がほとばしっていた。言葉と同時に記憶も苦痛も彼女の頭の中によみがえった。

「いいんだ、いいんだ」

医師は彼女を慰めた。

「さあ、リラックスして」

「わたし、夫と一緒に住むなんてもう嫌です」

「あなたのお名前は?」

「ドーナです。ドーナ・ガーナーです」

「あなたのご主人の名前は?」

「ブライアン・ガーナーです」

ウォーレス医師は催眠療法の効果に満足してうなずいた。

「さあ、これからしばらくあなたは眠りつづけて、目を覚ましたときには、自分に起きた出来事をみな覚えていますよ」

医師は看護師に顔を向けた。

「彼女はもう大丈夫だ」

医師の手からピカピカ光るコインが看護師の手に戻された。

「これはきみに返しておこう。どうもありがとう。さあ、これから彼女の夫に電話しなきゃ」

「ウォーレス先生が独身だったらよかったのに」

女性看護師はナースステーションに戻ると同僚に言った。

「あの先生ったら、もう完全に魔法使いよ」

看護師は25セント硬貨をかかげて誇らしげに言った。

「このコイン一枚で記憶喪失症の患者を治しちゃったのよ」

そのナースステーションに、黒人少年がサンドイッチとソフトドリンクをいっぱいに詰めたバッグを背負って入って来た。

「デリバリー！　コーンビーフサンドは誰でしたっけ？　ツナサンドイッチは？」

少年はバッグからサンドイッチを取り出し、注文主に手渡していった。いつもにこにこしている十七歳の元気な少年だった。少年はひとりひとりに愛想を言うのを忘れなかった。

「これはあなたの分ですね、楽しいランチを！」

看護師たちはサンドイッチを受け取りながら、自分の分の料金を少年に手渡した。ウォーレス医師の看護師も5ドル札と25セント硬貨で自分の分を払った。

「ありがとう」

少年はひとりひとりに明るい声で礼を言った。少年の名はクライド・ハリソン。毎日ランチの買い出しと配達を任されている彼は、雨の日も風の日も仕事を嫌がらず、細かい注文も喜んで引き受け、その明るい性格で看護師たちからとても好かれていた。

その日クライドは友達に言われて25セントを貸してやった。手渡したのは例のピカピカ光るコインだった。

友達はチョコレートソーダを買うのにそのコインを使った。その後コインは、一週間のあいだにいろいろな人の手から手へと渡っていった。たった七日間という短いあいだに、政治家の手に握られ、そのあとは売春婦、パン屋さん、ドレスメーカー、劇場の切符売り、そして最後にショービジネス界で働くある男の手に渡った。

クライド・ハリソンは十四歳で学校をやめた。家計を助けるためやむを得なかった。父親はとっくの昔に家族を捨ててどこかへ行ってしまっていた。クライドが家族と一緒に住むボロ家はゴミためのような貧民街の中にあった。クライドの友達のほとんどが学校に行っていなかった。子供たちの多くはやがて泥棒やポン引きや売春婦になってゆく。しかしクライドはそんな落ちこぼれ人間のひとりにはなりたくなかった。彼には野心があった。

「ぼくはいつか有名になるんだ」

彼はことあるごとに母親に約束した。

「待っててよ、母さん。いつかぼくは大物になって、母さんをニューヨーク一のデパートに連れて行くからね。そしたら好きなものを好きなだけ買いまくろう」

クライドは生まれついてのダンサーだった。動物的な美しさとでも言おうか、どんなことをするにも、その動作のひとつひとつにリズムと優雅さがあった。

「いつかブロードウェー一のダンサーになるんだ」

クライドはよく友達にそう言っていた。それをちゃかす友達もいた。

「だろうな。きっとボブ・フォッシーがおまえを迎えに来てくれるんじゃないのか。"クライド・ハリソンさん、ブロードウェーの新しいショーの主演をぜひあなたにお願いしたいんです。あなたは世界一のダンサーですからね"。なんちゃって」

「そう言っておれをバカにできるのも今のうちだぞ。迎えにくるのはボブ・フォッシーかもしれないし。他にも名監督はいっぱいいるんだ」

ボブ・フォッシーといえば、米国一のダンス監督として業界では知らない者はいない。彼に見い出されるなんて、それはないとクライドにも分かっていた。だが、業界には有力な監督は他に何人もいる。その中の誰でもいい。出会いがあって仕事がもらえたら、それにしがみついてスターダムにのし上がってやるんだ、と自分に言い聞かせながら、クライドは歯を食いしばって練習と最低限の生活に耐えていた。


クライドはダンスを正式に習ったことはない。だが、配達少年をしながら自分で覚えた。サンドイッチ屋の近くにダンスを教える学校があった。クライドは進んでサンドイッチ屋へ行く仕事を引き受け、用事が済むと、そのたびに窓から教室内のレッスン風景をのぞきこんだ。そして、教室の子供たちの誰よりも早く先生の動きを盗み取っていた。家に帰って来ると、窓からのぞき見た体の動きを自分の納得するまで復習するのが彼の日課だった。踊りは彼にとっては呼吸と同じくらい自然なことだった。

　クライドは古いステップをマスターしては新しいステップを練習した。それに自分が考えた動きをまぜて誰にもできない優雅な表現を完成させた。

〈でも、こんなことしたって何の役に立つんだろう〉

　ときどき疑問が頭をもたげる。

〈もし誰にも見い出されなかったら？　もしぼくの踊りを喜んでくれる観客がいなかったら、才能なんかあっても意味がないのでは〉

　しかしクライド・ハリソンはあきらめるのを拒んだ。

〈いつか、きっといつか！〉


　ある日突然のように新しいダンスがニューヨークの街角で生まれた。街にくり出した若者たちが、スペースを見つけては体をよじり、手足をロボットのように動かし、頭を地面につけて逆立ちしたかと思うと体を回転させて、活きの良さやリズム感、優雅さを競う新しい踊りだ。

　ニューヨーク生まれのこの自由な踊りは〝ブレイクダンス〟と呼ばれてたちまち世界中に広まった。クライド・ハリソンもこの踊りにハマった。彼は仲間を誘っては街にくり出して踊った。ブロードウェーの劇場街は格好の踊り場だった。クライドたちは劇の上演中は劇場の前でぶらぶらしていて、劇場内が休憩に入るのを待って踊り始める。初めのころ、クライドは、路上のアスファルトに頭をつけて踊るなんて恥ずかしかったが、慣れてくると、通りがかりの人たちと一体となれる独特の刺激が病みつきになった。

路上に置いたプレーヤーからリズムが響いてくると、体が反応してもう我慢できなくなる。そんなときのクライドは、踊っているグループの真ん中に飛び込んでいって踊り出す。どんな踊りでも彼がスターなのは一目瞭然だった。クライドが踊り始めると、足を止める通行人が増え、観客の輪が大きくなる。

たとえ観客がひとりもいなくてもクライド・ハリソンは自分だけで踊っているだろう。踊りは彼の純粋な喜びなのだから。リズムが聞こえてくると、彼の体は音楽と一体になって生き生きと動き出す。

この夜もクライドは熱に浮かされたように我を忘れて踊っていた。その途中で劇場の中からベルが聞こえ、やがてアナウンスが聞こえてきた。

「第二幕、まもなくカーテンが上がります」

クライドを取り巻いていた観衆は彼に惜しみない拍手を送ってから、劇場の中へ消えて行く。音楽はやみ、クライドのパフォーマンスもそこで終了だ。

クライドは地べたからゆっくり起き上がる。〈楽しかったけど〉とは思うものの、クライドはやはり物悲しい思いにかられる。

〈これがぼくの一生の仕事なのだろうか。劇場の前の小さなスペースで休憩中の観客に観てもらうだけなのか。ちゃんとしたステージに立てたら世界中の人たちを楽しませてやれるのに〉

クライドは脱ぎ捨ててあったジャケットを拾い上げ、それを羽織った。そのときだった。彼を取り巻いていた観客の全員がいなくなったわけではないことに気がついた。中年の男性がひとり、こちらを向いて立っていた。背の低い男で、白髪まじりの頭はほとんど禿げていた。

「素晴らしい!」

男に褒められ、クライドは顔をほころばせた。

「サンキュー」

男はポケットから25セント硬貨を取り出すと、彼に向けて投げた。クライドはそれを難なくキャッチした。

「それを使ってわたしに電話しなさい。わたしの名はボブ・フォッシー」

ネバダ州のラスベガスでは、ダニー・コリンズがクレジットカードを盗んだ罪で服役している。いま彼は、なんとか脱出する方法はないかと周囲の状況をさかんに研究中である。

◇　◇　◇

イタリアのベニスでは、アリス・ジンマーが、《トレビの泉》の隣の泉で出会ったハンサムな老人マーク・ホイットニーとこぢんまりしたレストランで夕食をとっていた。

ニューヨークのマンハッタンでは、いつものおんぼろタクシーを運転中のサムが5番街で渋滞にはまり、ハンドルをこぶしで叩いて毒づいていた。

ニューヨーク州の北部にある刑務所では、ピート・ターケルが、共同経営者殺害の罪で百二十年の刑を今まさに務めているところである。生きているうちに社会に出て来られる可能性は全くない。

マンハッタンでは、ロジャー・ベンソン刑事が妻の元に戻り、やり切れない思いでいつものビクビクした生活に耐えている。妻はあれ以来ますます横暴になり、ロジャーに写真の趣味をあきらめさせていた。

シカゴでは、エリザベスと夫のリチャードが顔を揃えて億万長者のジェイムス・マジソンにやがて彼の孫が誕生することを告げていた。

メキシコのオハカでは、ますます信心深くなったペドロが新築したばかりの教会の前に立ち、「アーメン」と祈りを込めて尖塔を見上げていた。スーツケースにぎっしり詰まっていたドル札は教会を自力で建てるのに充分な額だった。

ハリウッドでは、ジェニングス・ラングが、20世紀フォックス・スタジオが用意してくれた心地よい個室で自分が書いた小説の脚本を書いていた。彼の処女作はベストセラーになっただけではなく、映画化されることに決まったのだ。

ブロードウェーのパレス劇場のステージでは、クライド・ハリソンがボブ・フォッシーの監督するミュージカルのリハーサル中である。

以上が、たった一枚の25セント硬貨で運命を変えられた人々の物語である。
あのピカピカ光る25セント硬貨はその後どうなったかって？
数え切れないほど大勢の人の手に握られているうちに、表面はすり減り、図柄も文字も見えづらくなったので、デンバーの貨幣工場に回収され、そこで溶かされ、新たなコインとして生まれ変わった。

生まれ変わったコインは再び様々な人の手を経て、ある日、ローズマリー・マーフィーの手に渡った。公園でチャールズ・ウィルソン医師に助けられ、その縁で医師と結婚したウエイトレスだ。あのときのコインが生まれ変わって自分の手元に戻ってきたとは知るよしもないローズマリー・マーフィーだったが、彼女はそのコインを、医師とのあいだに生まれた今年七歳になる愛娘に与えた。こうして新たなコインの冒険が始まるのである。

おわり

超訳について

「超訳」は、自然な日本語を目指して進める新しい考えの翻訳で、アカデミー出版の登録商標です。

「ゲームの達人」上下計700万部を始め、発行部数の日本記録を更新し続けるアカデミー出版の超訳シリーズ！

シドニィ・シェルダン作

ゲームの達人
明日があるなら
時間の砂
真夜中は別の顔
血族
明け方の夢
私は別人
天使の自立
星の輝き

ダニエル・スティール作

アクシデント
幸せの記憶
二つの約束
敵意
無言の名誉
贈りもの
五日間のパリ
つばさ
最後の特派員

神の吹かす風
陰謀の日
女医
顔
空が落ちる
よく見る夢
逃げる男
億万ドルの舞台
リベンジは頭脳で
異常気象売ります
新十戒
結婚不成立
金の成る木

長い家路
落雷
ジョン・グリシャム作
裏稼業
呼び出し(召喚状)
甘い薬害
ニコラス・スパークス作
奇跡を信じて
ディーン・クーンツ作
インテンシティ
生存者
何ものも恐れるな

多忙中に書かれた隠れた傑作

シドニィ・シェルダン氏がMaster of the Game（ゲームの達人）やRage of Angels（天使の自立）など世界中で大ベストセラーを連発中の超多忙なときに、無理を承知で「日本の若い人たちに英語を教えるための面白いテキストを書いていただけないか」と頼んだところ、曲折はあったもののOKをいただき、二年後に出来上がったのが、このThe Adventure of a Quarterです。

単行本として発行するのは世界中で日本が最初で、読者の感想が待たれるところです。

英語教材として使ってみたい方のために、以下に案内記事を掲載します。

案内に書かれているとおり、初級コースの『家出のドリッピー』から始めることをお勧めしますが、初中級コースとしての『運命の25セント（教材のタイトルは"コインの冒険"）』からスタートすることもできます。ストーリーを知った上でのレッスンは、英語の上達をいっそう早めてくれるはずです。

英語が口からポンポン

「あの子があの大学に受かったって？　そういえば、この一年で英語の成績がずいぶん上がったもんな」

「あいつのTOEICが850点だなんて！」

学校で会社で……知らないうちに英語の実力をつけているヤツはいないか？　ついこのあいだまで英語で悩んでいたのに、いったいどうやって……。

イングリッシュ・アドベンチャーの初級コース『家出のドリッピー』を始める人にはいろんなパターンがある。最近多いのは「タダで試せるなら一応やってみるか」で、ドップリはまっちゃったタイプ。

「ビックリ！　テストにそのまま出た言い回しがあったんです」

と、これが第一回目の教材を手にした感想。

これが三カ月目になるともっとすごい。

「始めたばかりなのに、期末テストでは、まるで頭の中でCDが回っているように答えがポンポン出てきました。リスニングも全問正解」

「あの広告はいったい!?って感じでしたが、本当に自然に口から英語が出てくるんです」

頭にどんどん入る

これは面白い！って飛びつけば、あとはスキップ状態。単語は……文法は……と考える間もなく英語が頭にどんどん入る。

それも当然。テキストは世界にその名をとどろかすシドニィ・シェルダンの書き下ろし。その面白さに、さすがシェルダン先生！とうならせてくれる。朗読の素晴らしさも天下一品。ナレーションのオーソン・ウェルズの低音にうっとりし、ドリッピー役のジェリー・ルイスの素っ頓狂な声に笑い転げているうちに、耳になじんだ三万語の英語が頭から離れなくなり、リスニング力もどんどんついていく。

そこにふたりの若いビッグスターが加わったのだから、楽しさは倍増する。

スターの声だとすぐに覚える

「イングリッシュ・アドベンチャー（EA）」の初級コース『ドリッピー』の先生役に米英の大物スターが加わった。アカデミー賞に輝くハリウッドの人気女優シャーリーズ・セロンさんと、イケメンのロン

シャーリーズ・セロンさん

ドンっ子ジュード・ロウ氏のふたり。両氏ともナレーションが得意で、英語の模範朗読にはピッタリ。先生のキャラに魅せられて勉強が面白くなったり、成績が上がったりの経験は誰でも持っている。英語が苦手な人、英語をマスターしたい人、この「イングリッシュ・アドベンチャー」で効果を試してみよう。

10日間試聴できます

「こんなにいいものを、わたしも早く知りたかった」そんな方のために、安心して申し込める10日間の試聴制度があります。差し込みのハガキか電話、またはネットで申し込むと、第一回目の教材が送られてきますから、教材の内容をよく確かめてから、入会するかどうか決めてください。

第一章を試聴してみて、これを続けようと思う場合は、そのまま使っていると会員として登録され、翌月には第二章が送られてきます。入会したくない場合は、第一章を受け取ってから10日以内に返品すればよいことになっています。

入会した場合の費用は毎月4，500円（税・送料込）。一年分一括払いで約13％、二年分だと約25％割り引かれます。入会金、郵送費等は不要です。

初級コースの『ドリッピー』も初中級の『運命の25セント（コインの冒険）』も中級の『追跡』も12カ月、12章で完結します。

なお『ドリッピー』を終えると二年目コースとして自動的に『運命の25セント（コインの冒険）』に、『運命の25セント（コインの冒険）』から入会した人は自動的に『追跡』に、『追跡』から入会した人は上級コースの『ゲームの達人』に進むシステムになっていますが、一年だけで終えるのも、途中の章で退会するのも常に自由です。

試聴の申し込み方

差し込みのハガキを使うのが便利です。またはＦＡＸ、またはフリーダイヤルで。

フリーダイヤル　０１２０・０７７・０７７（午前10時〜午後6時まで）

ＦＡＸ　０３・３４７６・１０４４

http://www.ea-go.com

〒150 8688　東京都渋谷区鉢山町15―5

アカデミー出版

イングリッシュ・アドベンチャー事務局宛

運命の25セント

二〇一六年　七月　十日　第一刷発行
著　者　シドニィ・シェルダン
訳　者　天馬龍行
発行者　益子邦夫
発行所　㈱アカデミー出版
東京都渋谷区鉢山町15－5
郵便番号　一五〇－〇〇三五
電　話　〇三（三四六四）一三一七
ＦＡＸ　〇三（三七八〇）六三八五
http://www.ea-go.com
印刷所　株式会社ダイトー

ISBN 978-4-86036-050-4